U0928979

十五日

武捷宇——著

中国大百科全书出版社　知识出版社

图书在版编目（CIP）数据

十五日 / 武捷宇著 . -- 北京：知识出版社，2021.3

（致青春 · 中国青少年成长书系）

ISBN 978-7-5215-0323-4

Ⅰ.①十… Ⅱ.①武… Ⅲ.①长篇小说—中国—当代 Ⅳ.① I247.5

中国版本图书馆 CIP 数据核字（2021）第 027688 号

十五日　　武捷宇　著

出 版 人　姜钦云
图书统筹　朱金叶
责任编辑　朱金叶
责任印制　吴永星
美术编辑　马任驰
出版发行　知识出版社
地　　址　北京市西城区阜成门北大街 17 号
邮　　编　100037
网　　址　http://www.ecph.com.cn
电　　话　010-88390659
印　　刷　金世嘉元(唐山)印务有限公司
开　　本　660mm × 930mm　1/16
字　　数　165 千字
印　　张　14
版　　次　2021 年 3 月第 1 版
印　　次　2025 年 5 月第 2 次印刷
书　　号　ISBN 978-7-5215-0323-4
定　　价　49. 80 元

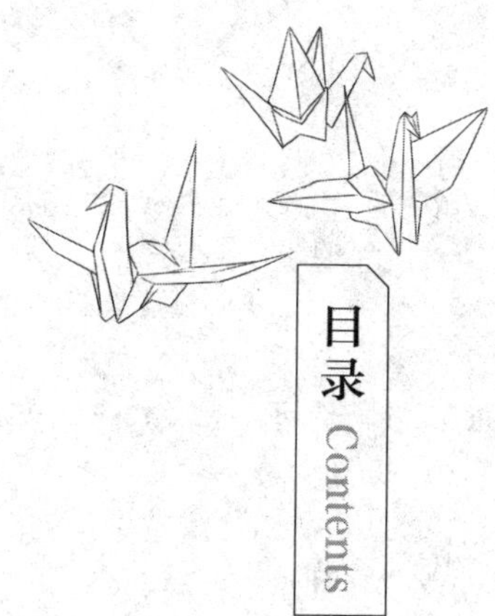

目录 Contents

DAY 1
密室

车子沿着云锁雾深的盘山公路蜿蜒向上，林殷盯着窗外飞快倒退的景物，意识也涣散开来。职业习惯常常让她产生一种眼前一切都颇失真的错觉。从业转眼数年，每日晨起梳洗时，镜中的少许皱纹直率地告诉她，自己已经不年轻了。

早年她曾以优异的成绩毕业于心理学专业排名第一的宁市师范类高校，后顺利进入宁市最好的高中，成为一名心理老师。三年前，她选择跳出体制，和朋友合伙开了一间个人心理咨询工作室。人的心灵生病了，需要心理咨询师，心理咨询师为了防止自己的心灵生病，需要督导。督导是心理咨询师的心理咨询师。那时候的林殷，被积年累月窥见的孩子心灵的秘密所捆绑而不堪重负，心灵的城墙已摇摇欲坠，于是选择在一个阳光灿烂的上午，拖着精疲力竭的身躯，寻到督导门上去。

她把自己像丢皮球一样丢进柔软的沙发，任由身体像流水一样陷进去，情绪也跟着一起陷进去，然后开始尽情大哭，眼泪鼻涕都糊在怀中的抱枕上。督导没有阻拦她，也没有安慰她，只是在一旁静静陪着她。不知道过了多久，林殷渐渐平静了下来，探身抽了几张纸，像小孩子一样“噗噗”地用力擤起鼻涕。

“我不想做老师了。”林殷说着，眼圈又红了。

督导不语，只是关切地看着她。

“我当年刚从学校毕业的时候，是怀抱着一种浪漫主义的念头参加工作的。我认为孩子是世界上最纯洁的星星。”

督导起身，给林殷倒了一杯柠檬水，又从身后的薄荷盆栽里摘下两片叶子，用清水冲干净，轻轻丢进林殷的水杯里。

“这些年，我却慢慢发现，不是这样的。我们可以说孩子大都是‘真实’的，但孩子其实并不是绝对干净的，不是绝对善良的，不是绝对光明的。孩子和孩子，是不一样的！”林殷的呼吸骤然急促，她低下头，手指插进头发中，眼泪大颗滚落并砸在两腿间的地板上，“我最近，开始越来越怀疑我选择这份职业的初心，开始越来越怀疑我是谁？我做这些事的意义是什么？我常常有种感觉，自己坐在一辆高速行驶的汽车上，而且这汽车没有刹车，它失控了！”

督导把柠檬水塞进林殷的手里。

“林殷，我们抛开孩子的话题不谈，我们先把问题的重点放在你刚才提到的三个字上。你刚才提到了一个很重要的问题——‘我是谁’，是啊，你觉得你是谁呢？”

“我是林殷？不对，这是人名……我是一名心理老师？不对，这是我的职业……我是谁？”林殷的大脑高速运转了一圈，竟然发现很难回答这个看似非常简单的问题，于是悻悻然地说，“我不知道，这个问题不好回答，这就像一加一等于几一样，看上去简单，实际上学问很多。”水团一只只滚进喉咙，薄荷的清凉感后知后觉地翻上来，林殷抓住杯子，发汗的手心被这冰凉的杯壁安慰着，感觉自己游荡在外的心又回到了身体里。

“你很聪明。‘我是谁’这个问题看似简单，实际上可能穷其一生也寻找不到答案。人需要自我认同，这种认同会让我们产生存在感，能够感知到我们真真切切存在于这个世界上，不是虚无缥缈的一缕烟，风一吹便会散。人初诞生的时候，与真实的自我紧密相连，只是太多人在漫漫一生中，在对一些生不带来、死不带去的外在事物——金钱、权力、名利、爱情、亲情、友情的追逐中，渐渐断裂了与真我的联结，因惯于将真我与那些不实的物欲相捆绑，最终彻底迷失了自己。众生皆苦，而苦的根源，在于从来没有弄清楚过自己是谁，于是盲目去追求、攀附一些本不属于我们的东西。”

“所有人都是如此？”林殷问。

“所有人都是如此。我是，你是，你口中的孩子也是。”

清脆的一阵鸟鸣将她拉回现实。车子已经停在重重山林间的一栋红顶建筑前，举目四望，满眼青翠，七弯八绕的盘山公路隐没其中。

“请问，这里是今年的青年心理咨询师经验交流会吗？”未曾想，她的话竟成为溅进油锅里的一杯水，霎时掀起轩然大波。

“什么？这里不是什么中美动作游戏玩家趴吗？”一个声线平和，眉宇间却拧着一股淡淡的桀骜戾气的中年男子有些惊愕。

男子话音未落，一位戴着金丝边眼镜，气度儒雅的老先生挑起了眉毛：“不会吧，难道是我走错会场了？这里难道不应该是……中学教育交流活动吗？”

一时间，会客厅里发出一阵询问、争论声，众人纷纷调出各自的邮件、短信比对查看，疑惑、恼怒、不安的气氛开始升温。原来，到场八个人的八封邮件或者短信，竟是八种内容，主办方甚至做出了不同的纸质活动宣传页，而且每份材料都做得相当精致。林殷不动声色地观察在座的每个人，竖起耳朵听众人的议论，对事情的原委渐渐了然。如今活动的发布大多靠网络媒介，大多数人第一时间得到这种活动的消息也都是通过网络媒介，联系主办方也很简单，一般只需要扫一扫主办方留下的二维码，或者手动输入账号，添加对方为好友，开始线上沟通活动事宜。报名人登记清楚身份信息后，又将陆续收到主办方的确认短信或者邮件，以及快递到家的宣传页和报到材料等。就这样，八个人不约而同地在同一天的同一个时间进入了这栋红顶建筑。主办方和每个人沟通和交流的过程看上去都是正常的，但不知道为什么，林殷始终隐约觉得哪个地方是有问题的。

眼见局面快要失控，林殷用力拍了拍手，众人终于慢慢安静下来，看向了她。“依我看，现在大家干着急也没什么用，不如再等等，看房子的主人怎么说，便会知道这中间哪里出了纰漏……”

“等什么等，我觉得我们在这干坐着也太难熬了吧！”一个独自立在客厅角落里的年轻女孩不耐烦地打断林殷，慢慢走上前，“我刚才看了一下，我收到的短信是系统发送的，不过拿到的手册下面有主办方电话，我们要不打一下试试？”大家这时也反应过来，纷纷点头，向女孩投去赞许的目光。

女孩翻开自己手上的宣传页，上面留了两个电话，一个是办公电话，一个是手机号。女孩把手机开到免提，先拨打了办公电话，结果一直是忙音，于是又开始拨打那个手机号。“嘟嘟”几声，电话通了。

女孩是个暴脾气，还没等对面开始说话，她这边已经火药味十足地开炮了：“你们怎么回事啊？叫了我们八个人过来，结果大家拿到的请柬竟然是八种内容？这是什么大乌龙啊？你们到底在搞什么啊？在玩我们吗？”那边的人耐心地等她发完一通火，才开始慢慢说话，声音温和圆润，但是分辨不出男女：“您好，是我们工作人员出现的一点儿失误，麻烦您向大家转告，请大家少安勿躁，先不要自行离开，我们马上会和大家说明情况，并通知安排新的与会时间和地点。”女孩一直高举着手机开着免提，显然所有人都听到了对方的话，不同的情绪开始蔓延，像各色颜料打翻在画纸上。

压抑的氛围渐渐回弹，关键时刻，林殷再次冒出来：“这样吧，我们闲着也是闲着，不如大家自我介绍一下，聊一聊，如果能交个朋友，日后也算是多条路子，江湖好相见嘛，对不对？先自我介绍一下，我姓林，目前是个心理行业的工作者。”

“我姓梅，梅花的梅，退休前一直吃的是体制饭。”那位戴着金边眼镜的老先生悠悠地开了腔。

“我姓项，项链的项，自由职业，平时爱打打电竞，听说今天这里有些电竞圈的大咖，才想着过来，谁想到会是这样呢？”方才的中年人慵懒地窝进真皮沙发，脑袋枕在两只交叉的手心里，微微阖上双眼。

第四位看着满面沧桑，已不再年轻，却没有同龄人常见的啤酒肚，身材修长匀称，手腕处有明显的晒伤分界痕迹。“我姓方，职业是单车手。我得到的消息是，这里的盘山道不错，又赶上几个车队在这里训练，就过来看看。”

接着是一位西装革履，衬衫袖口一丝不苟地扣着袖扣的中年男子。“我姓陈，我的工作比较特殊，就先不说了。”男子话音未落，已招致数道利刃般目光的审阅。“特殊”一词暧昧不明，众人心中暗暗腹诽，对男子的第一印象顿时大打折扣，连笔挺的西装都救不了他了。

“我姓秦，是和笔杆子打交道的啦，我是个记者。”第六位是一位微微谢顶的矮胖男子，笑起来绽开半边酒窝，亲和力十足，只是鼻头分泌着一层不明的反光物质，有些不堪。

“我姓徐，退休前曾是律师。”第七位是一位衣着得体，年逾花甲的短发老太太，眼角趴着向时间服输的细纹，身材瘦削，两道修剪得清晰利落的细眉向上微翘，流露出有些凛然的表情。

最后，人们的目光重新定格在刚才打电话的那个年轻女孩身上。她不是那种在人群里打眼的美女，置身于众人的喧嚣之中，始终静静抱肩旁观。“我姓罗，我是个小学老师。”

日头在不知不觉的时间流逝中又爬高了几尺，焦躁不安的情绪像吐着信子的蛇，悄然在众人中游走。坐林殷左手边的那位老先生适时站起身，到墙边立着的净饮机前接了八杯温水，挨个分发，大家本都等得有些口干舌燥，一杯水下肚，本来僵持紧绷的精神松弛了不少。

“梅老先生，看起来您吃得可不像什么普通的体制饭啊？”坐在梅左手边的罗姓女孩心直口快，率先抛出众人内心共同的疑惑。

梅只是点头微笑，避重就轻地开起玩笑：“可能是岁月不饶人，头发少了点儿，所以不太像了。”

一句话引得一干人都大笑起来，好感大增，彼此间也更热络了些。

端庄谨肃的老太太开口了：“刚才听您说起，您来这里，本来是受邀参加中学教育交流活动的？这么说，您的工作大抵也和教育行业相关吧？”

“哈哈是的，我以前经常和宁市的各个中学校长们打交道，所以在中学教育方面，我还算小有心得，这次本是来分享我这些年的一些教育经验和体会的。”梅见老太太追问得紧，干脆说得多了些，不过一直保持不紧不慢的语速，依然笑眯眯的，语调谦和。众人也跟着连连点头，仿佛一切都在意料之中。

“梅老先生，我侄子正在师范学校读书，以后也想做中学老师呢。”老太太再次接起话茬，说着低下头，从包里摸出名片夹，抽出一张，递向他，“不知道您方便交换一下名片吗？日后说不定还有机会和您交流交流？”

梅莞尔，从贴身的口袋里摸出一张设计简洁的名片，上面油印着三个小楷黑体字，干干净净——“梅爱群”。老太太那边传过来的名片上则印着“徐娣”二字，名片设计一样简单利落。

日头已经到了头顶，主办方依然没有出现，一屋子八个人渐渐都放下了戒备，互相客套、寒暄起来。加之红顶建筑所在的地方离市区很远，人们想着来一趟不容易，于是干脆一直坐着聊下去了。

坐在林殷右面的原来是法医陈逸添，这个职业确实算得上“特殊”。陈逸添笑谈，自己一直没有女朋友，家里多次安排相亲都失败了，就是因为自己的职业。普通人还是不太能接受自己的伴侣、女婿和这样的工作打交道，时间久了他也懒得解释太多，所以一般对外就说自己在刑侦支队里干活儿，需要经常“出出现场”云云。林殷同情地看向他，不禁想起自己的职业也是备受误解——人们常常觉得心理咨询师就是个和人聊聊天，动动嘴皮子就可以轻松将大把钞票塞进口袋的职业，轻松得紧，殊不知心理咨询师背后的艰辛及需要付出的努力。许是二人的职业性质也相近，一个惯于为人的肉体伸张正义，一个惯于为人的心灵伸张正义，彼此也觉得更为亲切一些，聊起工作上的事似乎也有不少共通的心得，陈逸添和林殷坐得近了一些，一时间越聊越热络。

陈逸添的右手边是没一会儿就把棒球帽压在脸上，睡得一塌糊涂的游戏玩家项毅，看样子他似乎是想避开众人热火朝天的攀谈。项毅年纪不小了，不过五官间还是依稀留有一些年轻时的俊朗，可惜整个人看上去邋里邋遢的，顶着中年标配的啤酒肚，似乎没什么心思拾掇自己。方才大家交流的时候，他也是最奇怪的一个人，众人来这里开会，多是为了公事，只有他是来找“队友”的，还美其名曰是参加“中美动作游戏玩家趴”。一开始还气冲冲地自言自语，骂几句粗话，吐槽自己在游戏里老是遇到些猪队友的郁闷心情，后来四顾发现压根没人接他的茬儿，觉得没趣，干脆睡起了大觉。

项毅的右手边是一直沉默寡言的记者秦征，话最少，笑容最多，和谁都能聊上几句，偶尔低头整理一下公文包里的资料。屋子里仅有的两位年轻女性就是林殷和罗念了，两个人又恰好生得很是漂亮，于是便见那秦征的眼睛像是蟑螂巴住了果酱蛋糕，死死粘在两个女人身上，从上至下，一寸寸地“攀爬”。没一会儿林殷便察觉，顿生愠怒，迎着他的视线直直地盯回去，目露凶光，这才吓得秦征收敛了不少，借包里的资料打掩护。也是从这一刻开始，林殷对秦征好感全无，心里打满了隐隐生厌的大问号。

罗念坐在和林殷呈对角线的条凳上，右手边是梅爱群，两个人似乎聊得很投机。坐在罗念左手边的是那位谈吐犀利、目光敏锐的退休律师徐娣，此刻正和她旁边的单车手方志西窃窃私语。

正午，大厅里的壁钟准点敲响，众人恍然惊觉，房子的主人还是没有出现。

聊得累了，开始有人摸出手机，会客厅里的喧嚷声渐次低下去。倏地，一直没怎么吭声的项毅抱着手机大叫一声：“怎么回事？怎么完全没有信号？”

林殷心中一紧，什么？慌忙也摸出手机查看，果然，屏幕右上方的小信号塔上赫然显示叉叉，跟着“无服务”三个小字。

还没来得及开口，那边的项毅已经开始手脚麻利地拆手机：“没事没事，是我手机的老毛病了，估计是接触卡的地方松了。”一边说着，一边已经插好卡槽，重新启动了，没一会儿工夫，又是一声呻吟，“不行啊，还是完全没有信号！”

林殷平静打断了项毅：“别着急，我也是这样，我怀疑是这里的信号塔有问题。”

然而很快，焦躁不安的蛇又游了回来，因为所有的人都发现，自己的手机信号完全消失了。

怎么回事?

“让大家久等了吧，哈哈哈哈哈哈……”

一阵诡谲的笑声惊扰了所有人，四下扫视，依然是刚才的八个人——声音，是从会客厅里不知安放在什么位置的音响里发出来的，不过明显经过了技术处理，根本分辨不出男女。罗念越想越觉得熟悉，忍不住捂嘴大呼：“你是刚才电话里的那个人！”

“是的，就是我，哈哈哈哈。大家刚才的对话，我全部都听见了。房子里到处安置了隐藏的窃听器和摄像头，你们的一言一行，都在我的掌控之中。别紧张，浴室和厕所是没有安摄像头的，你们的个人隐私我还是会照顾一下的，哈哈哈哈，但是窃听器和摄像头如此密集，所以希望大家‘洁身自好’，不要心存侥幸。最后，自我介绍一下，我就是费尽心思地编造不同内容的活动邀约，邀请大家来寒舍小叙的房子主人，很高兴大家赏脸光顾。不过，因为某些不便的原因，我暂时不会现身，望大家谅解。”声音顿了顿，“我费尽心思导这么一出戏，无非是为了得到一个问题的答案。接下来的几天时间，我会讲一个漫长的故事，讲故事的时间里，烦请大家不要妄想逃离。当然，你们也根本不可能在未得到我允许的情况下离开这里。在我得到我想得到的答案后，所有的人自然好聚好散。祝君好运。”

声音戛然而止。

与此同时，钢铸门锁应声而落。靠门近的方志西反应最快，第一个惊觉不对劲，慌忙赶去拉门，然而为时已晚。

困惑和恐惧迅速笼罩众人，空气凝滞，只剩无法屏住的呼吸吹开朵朵涟漪。

DAY 2
熔炉

林殷醒来的时候，才发现自己不知何时偎在沙发角落睡着了。

客厅的窗帘微微阖着，打下来一道窄窄的光，正好晃到她的眼皮上。

昨天中午之后，众人想尽了各种办法离开或者与外界联系，全盘失败——手机被切断了一切通信讯号，门锁是钢铸的，没有任何撬开的可能。

仿佛全世界只剩下了他们八个人。

客厅里此刻空无一人。

林殷坐起身来，揉揉睡乱的头发，努力眨眨眼睛，好让自己的视野尽快清晰。

这栋房子的户型大致呈长方形，曾经是私人住宅的可能性较小，更可能挪作公用。坐在客厅沙发向上望，整栋房子的内部构造类似天井状，分上下二层，二层中央部位与底层打通，显得天花板极高，再加上房子空间本就很大，人在房子里面说话回音隐隐，恍若隔世。二层房间的门倒是办公楼、写字楼里常见的门，推开门后才会发现，全是供客人休息用的房间，呈环形均匀分布，东面、西面各有两间，南面、北面各有三间，房间门甚至均设置了指纹锁，可见这房子的安全性非同小可。

林殷缓步上楼，观察了一会儿。南面、西面的客房已经住满，北面中间住了一人，东面还剩一间。她踌躇了一会儿，最后还是选择了东面的那间空房。

房间很大，配有独立卫生间，一张宽敞舒适的单人床，一张单人沙发，一个装好了饮料和点心的小冰箱，一个装了一些大众读物的小书架（大概是为了方便他们解闷）。墙上挂着机械小壁钟，角落的五斗柜里甚至贴心地准备了充足的一次性内裤、卫生巾等。

如此费尽心机地安排了这么一栋房子，又费尽心机地叫来八个毫不相干的人，房子的主人究竟想干什么呢？

可能是前一晚没有休息好，林殷此刻头昏沉得厉害，索性不再猜测，仰坐在沙发上闭目休息。晨光微露，隔壁陆陆续续传来开门的声音，人们呵欠连天地从各自的房间里出来，准备下楼吃早餐。她揉揉惺忪的睡眼，也起身准备洗漱。

兵来将挡，水来土掩。面对，才是唯一的出路。

林殷对着镜子，长叹了一口气。

熟悉的诡谲声音又在大厅响起。

“大家昨天晚上休息得如何啊？可有失眠吗？哈哈哈哈……”没有人搭腔，更没有人抬头。困惑和愤怒停在众人紧握着的拳头上，却只能被动地听之任之。

突然，人群中传出一声怒吼：“你这是犯法！最好赶紧把我们放出去！否则我们出去以后让你吃不了兜着走！”原来是徐娣。她死死盯着天花板，向那无形的敌人发出反抗和攻击。没曾想，诡谲的声音却爆发出一阵欢快的笑声："大姐，你还是担心担心你自己吧！你能预想到这个房子接下来会发生些什么吗？你能确保自己完好无损地离开吗？"徐娣的脸色瞬间变得惨白，隔着空气她分明感受到了那个无形的敌人声色俱厉地看着她，她大半辈子风风雨雨都过来了，早就习惯了在法庭上叱咤风云，舌战群雄，这是第一次，她感到了深深的无力和压迫感。他一定就在暗处看着自己，扫视着整个屋子里或惊恐，或愤怒的人们。

"别这么天真好吗？我能把你们弄到这里，当然是想清楚了万全之策，做了大量准备好吗？搞这么一出之前，所有可能要承担的后果我都想清楚了，你们觉得我会怕吗？"诡谲的声音顿了顿，话锋一转，声线又恢复了平和，甚至带着一些淘气的、戏谑的笑意，"不妨先告诉大家关于我的第一个秘密——我此刻就在这栋房子里面，甚至有可能，就坐在你们中间喔。"

一席话惊醒梦中人。全场人不约而同地与身边的人迅速划清界限，保持距离，甚至有人不动声色地移向角落里放置着高大花瓶的条案。这一幕自然被监视器后的主人尽收眼底，他再次发出满意的朗声大笑："别紧张啊，我又不是狼，吃不了你们这些可爱的小羔羊。接下来几天，我只想与你们分享一个漫长的故事，只要在故事讲完后，我能够得到我想要的答案，便会放你们离开。当然，这中间你们之间发生的任何事，我概不负责，如果你们在听故事时因受不了自己良心的谴责而发生自相残杀、自我了断之事，均与我无关。"

客厅里的灯陡然暗了几盏。

这是一场亡徒与亡徒的游戏。

一九九九年，陆颖合十六岁。

因为考试时碰上了生理期痛经，从小品学兼优的女孩中考发挥失常，竟滑进宁市一所末流普高——宁市七中。学校表面上能够维持正常运作，实则校风靡乱，学生行无章法，抽烟酗酒，打架斗殴，还有辍学后的社会青年参与进来的校园霸凌事件比比皆是。陆颖合的父母，当时也根本预见不到陆颖合后来的种种遭遇，但凡命运肯开一只小小的天眼给他们，他们绝对不会将女儿亲手送进这吃人的熔炉。

良好的家教和温暖的家庭氛围让陆颖合在十六年的潜移默化中形成了积极乐观的性子，虽然生存在这所熔炉的夹缝中甚是艰难，她却依然坚定地抱着高考翻盘的希望，好好学习，认真对待功课，又加上有个灵光的脑袋，成绩一直稳居重点班的前茅，是各科老师捧在手心里的宠儿。两年下来，所幸也没有沾惹上什么麻烦。

只是该来的还是要来，是福不是祸，是祸躲不过。

陆颖合是班里的班长兼学习委员，成绩优异，校园活动也表现积极。在高二新年晚会上，一曲陈慧娴的《飘雪》让她引得无数关注，令人过目难忘，也让她在同龄人中颇有些显眼。因而无论在校内还是校外，常常遭到不少没来由的骚扰。奈何女孩性子率直，一直视若无睹。

七中的学生鱼龙混杂，泥沙俱下，但是说话最管用的却是一个男生，他叫何立。

何立性情乖戾，骨子里有一股狠劲，打架时一上来就专挑对方要害命门，绝无分毫恻隐之心，也对如此玩命的结果不存顾忌。撇开技巧不谈，单这声势已经把对方吓个半死。他脑子聪明，也愿意在自己感兴趣的东西上下功夫。有一段时间，他一时兴起，竟跑到市里的图书馆，翻出来不少法律相关文献研读了一番，慢慢摸索到一些法律的空子，此后打起架来更是有数在胸，无法无天。但奇怪的是，顶着这样一颗聪明绝顶的脑袋，他却并不愿把太多精力放在学习上。何立一向只听数学课，甚至曾在省高中数学联赛中拿过二等奖。架着啤酒瓶底一般厚的近视镜片的数学老师屡屡找他谈话，苦苦挽救这个迷路的少年，他不听，照样我行我素，说得多了，烦了，径自拍拍屁股离开，留下胖胖的中年男人懊恼地拍大腿，慨叹一棵好苗子就这样流失了。

因着种种江湖传闻，再加上何立天生剑眉星目，高大帅气，自然吸引不少女生倾心，奈何何立谁也看不上。早晨一到学校，一坐上座位，桌屉里的早餐已经迫不及待地涌出，掉了一地。那会偶尔时兴过个圣诞节、情人节这样的洋节，出去溜根烟的工夫，桌面上、桌脚下已经堆满了包装用心的情书和礼物。何立对此视若无睹，对于礼物和早餐，总是一股脑抱起，往垃圾桶里一塞，剩下的情书，挑几封包装好看的留下，然后选个“良辰吉日”，当着兄弟们的面一封封地嬉笑宣读，大家围在一起乐够了，再用打火机一封封地烧掉。

手下的兄弟们一开始羡慕不已，然而久而久之，也渐渐生出嫌隙和不满。这些递情书的女孩们，有几个也是他们心里捧着爱着的“梦中情人”，用今天的话来说就是“女神”，却被自己信服、依靠的老大如此视若无睹，两相为难之下，越来越多的人有了二心，却又碍着何立的地位和手腕而不敢说什么。

何立手下最得心的弟兄，是沈为。

沈为长相平平，眉眼线条粗犷，心思倒细腻。他没有何立危急时刻冷静到可怕的理智和随机应变的能力，亦没有何立与生俱来的号召力和影响力，但是他极擅于搜集信息，揣测对手内心深处最畏惧的东西，并且常常抓得很准。何立一般在约架前会让他先去调查对手的背景，二人强强联手，屡战屡胜。

何立的势力范围一天天扩张，渐渐地，校园里的中小帮派基本上都被他吞并，只剩下最后一个勉强能与何立相庭抗衡，为首的叫邢一明。

课间，何立向沈为勾勾指头，沈为会意，二人一前一后闪进厕所。

“怎么样了？”何立单手弹开烟盒，拈出一支，叼在嘴里。

“还是那些消息，哥。”沈为掏出火机，给何立点着，“这咖没啥软肋，是个厉害角色。他没有女朋友，也不怕学校处分，爹妈分居两地，在天津和上海工作，每个月给他寄生活费过来，他搞出什么破事，动静再大，塞点儿钱也就完了。他想要的从来都唾手可得，所以性情淡薄，对于失去的一向看得很开。”

何立点点头：“哦，富二代？听说长得还可以，按理说倒追他的女生应该也要排到校门口了吧，他就没一个看中的？”

沈为皱着眉头，抱着肩斜靠在墙上：“还真没有。还有，我查过了，他留级两届了，在这破学校呆了快五年！”

何立大力吸了一口，向空中徐徐吐出几个烟圈：“这么说，我们是没法从他身边的人下手了？”

二人沉默。何立的烟头闪着火星，向后快速吞噬，直到一截烟灰轻飘飘掉落下来，沈为咬咬唇，下了很大决心似的开口道：“也不是。他有个青梅竹马，比他小一岁吧，两家订过娃娃亲的，不过那女孩子是个好学生，在宁市一中念书呢。”沈为有些犹豫了，“用这个女孩子，肯定能一举扳倒邢一明，但人家毕竟是个局外人，我觉得，我们也别……”后半截话被何立的眼神吓了回去。

何立轻哼一声：“这样的女孩子能和邢一明是一个世界的人？别搞笑了！甭管什么娃娃亲，过去的事就过去了，你看着吧，他们以后只会越走越远。”烟头的一点点火星子倒映在何立的瞳孔里，有那么一刹，细微的黯然神色似乎一闪而过。“再说，你跟着我这么久了，还不了解我吗？你见我欺负过那些女孩吗？钓饵和大鱼的关系，你最好自己再掂量掂量。”何立狠吸了一口，将烟屁股丢进小便池里，水流轰鸣着将烟头席卷而去。

邢一明的青梅竹马叫蒋婷婷，长得清秀可爱，笑起来一对深深的小酒窝。沈为把她约出来的时候，她正抱着两本教参从教师办公室走出来，像是刚刚问完题目。

“同学，你找我什么事？”蒋婷婷笑嘻嘻的，一副人畜无害的样子。

沈为盯着她那双盛着两汪水的眼睛，就什么也说不出了。那是一双久浸在洁白象牙塔里的眼睛，没有被污染分毫。

沈为想起了邢一明的眼睛。黑洞洞的，一眼望进去，什么也看不清楚。

有些人注定是平行线，永远没有交集，有些人则注定是相交线，短暂的交集过后，却注定越行越远。

宁市七中旧校址钟楼的废弃天台上。

何立冲着沈为胃部一记猛拳。沈为眼前一片漆黑，痛得弯下腰来，跪在地上。

“竟然敢背叛我！嗯？”何立瞪着充血的眼睛，一脚蹬在沈为肩头，沈为失去重心，倒了下去，“为什么背叛我？××的，老子当你是最好的兄弟！你呢！说啊！为什么要背叛我？为什么？”

沈为的喉头涌起淡淡的腥味，还有忍受不住的呕吐感。沈为说不清，是对何立那一拳产生的恶心，还是对何立产生的恶心。

“不为什么，因为你烦。”沈为龇牙咧嘴地笑，“我敬你一声‘哥’，我们……我们都敬你一声‘哥’！”沈为抬起手臂，用手指一个个点着那一张张熟悉的，此刻万般惊恐的脸孔，“可你呢？你做得都是些什么烂事？”

有小弟忍不住上来，欲捂住沈为喋喋不休的嘴，被何立一脚踢开：“滚！老子倒要听听，他这狗嘴里能吐出什么象牙来？”说着蹲下身来，大拇指和食指捏在沈为的下巴上，不断用力，直到沈为下颌的骨骼发出“咯吱咯吱”的清脆响声。

沈为撑着昏沉沉的脑袋，透过微潮的眼皮看向何立，难以言说的情绪包裹着他，沈为倏地大笑起来，喉结急速地上下滚动：“哈哈哈哈哈哈，我知道我说完，等待我的是什么，但是我也知道，再不说，就没有机会了。”沈为的眼眶泛起红来，何立竭力想在这双眼睛中找寻到哪怕一丝的恐惧，但是他最终失败。

铅灰色的云层暗暗涌动，远方的天空昏黄一片，低垂下来，几乎要压在人的头顶上。

快要下雨了。

“我第一次见你，你救了我，你让我逃离了那混蛋的魔掌，那时，我喊你一声‘哥’。”

沈为笑着，喃喃自语，眼睛直勾勾地盯着何立。

“我想起来了，六岁的时候，有一天夜里我都快睡着了，实在困得不行，眼皮跟粘住了一样，就是倔强地不睡，因为那天晚上吃晚饭的时候，我听见我妈对保姆说，我爸那天会回家的，所以我要等他。那时候我已经几个礼拜没见过他了，那时候也没有现在的微信视频，可以打个视频缓解一下思念，有啥啊？不就是家里的座机吗？我爸知道我想他，而且小孩儿嘛，未免黏人一些，所以有时抽空也会给我拨个电话，但也就是三五分钟的事。那时候正是他事业的上升期，他那个人又对赚钱有瘾，不着家猛赚钱对他来说是家常便饭。那天晚上我就那么死撑着，困得不行了就拍拍自己的脸，小孩儿多嗜睡啊，结果竟然真的让我等到了我爸。我就记得那天晚上下雨了，我爸进屋的时候，裹卷着一身的寒气，他看到我，一脸惊喜和疲惫，拍拍我的头，就进厕所了。我等啊，等啊，我爸就是不出来，我就迷迷糊糊睡着了。那会我妈早睡了，她以为我爸像往常一样上个厕所洗个澡就会进屋睡下的，结果天亮的时候，发现我爸压根没进屋。她纳闷，就推开厕所门进去看，结果我爸像个大冬瓜一样，骨碌碌地从马桶上滚下来，一屁股的屎尿滚得浑身都是，救护车来的时候，我吓醒了，坐地上哭，我妈也顾不上我，等到在医院安顿好我爸，急急忙忙回家看我的时候，我也一屁股的屎尿滚得浑身都是了，你说，我们是不是两父子？”

沈为爆发出一阵狂笑，笑得脸涨得通红，脖子上青筋一根根地爆出。

“到了他们在家的时候呢，就是掂着菜刀，围着餐桌转啊，转啊，转着转着，我就念高中了，我已经可以轻易夺下他们虚晃着的菜刀了，我也不知道他们在威胁谁，我吗？好像又不是。我呢，贱狗一条，也亏得他们离婚的时候互相推我，谁都不想要，谁都嫌累赘，哈哈哈哈哈哈哈哈哈哈……最好笑的是什么呢？是我爸给我新找的后妈，就比我大六岁！不是图我爸的钱，是图什么？我爸真是被猪油蒙了心！”

何立的头在沈为的号啕大哭声中剧烈地痛起来，光怪陆离的破碎画面走马灯似的在眼前转起来。

血。闪闪发光的红色警灯。白布。瘀青的面颊。微笑。

意义不明的悲伤交织着愤怒像急速升高的水压柱，上升到峰值。

“你 ×× 的到底要说什么？”何立一记下颌拳，打得沈为仰面翻倒在地。沈为艰难地爬起身，用手背抹干净嘴角的血迹："不干吗，我知道你怕什么，想让你害怕而已。"

何立被激得所有的血都涌向脑子，刹那间失去理智，一脚踢在沈为腹部，痛得沈为弓起身子："你敢玩我？老子只对你一个人交心，从来都是！你敢玩我？敢利用那件事要挟我？你怎么可以这样做？老子做错了什么？让你这样搞我？你知不知道，那件事是我一辈子的伤疤？我到死都忘不了，都原谅不了自己！你知不知道，我只告诉过你这件事！"何立喘着粗气，掉下泪来，被背叛的痛苦让他撕心裂肺，剥皮抽筋，他已经看不清眼前蜷缩在地上的是谁，他已经忘掉那是他曾经脱光了上衣，愿意并肩坐在天台上一起吹瓶的最好的兄弟沈为；那是他曾经抱着哭诉他内心深处最不堪的脆弱的最好的兄弟沈为；那是他曾经一块打篮球，互相毫不留情盖对方的帽，到处约架，强强联手，无可匹敌的最好的兄弟沈为。

那是他最好的兄弟沈为。

何立从来没有信任过谁，沈为是第一个，也是最后一个。

何立跨骑在沈为身上，没命地对着他暴揍，一拳一拳，一掌一掌。

"你到底为了谁，你说啊！说啊！"何立哭着，眼泪鼻涕糊了一脸，像个被抢走了糖果和玩具车的小男孩，恼恨、愤怒、悲伤，更多的是无助。

周围的兄弟们全愣在原地，他们谁也没有见过老大这样的一面。

而何立已经顾不上其他，一股又一股没有理由的躁郁和酸楚冲撞着心头。他开始嘶吼，喉间发出野兽捕食时最后一波进攻前的喷痰声，他怒睁着双眼，眼泪急速坠落，打在沈为身上，被滚烫的体温迅速炙为轻烟。

“我不会说的，哈哈，你今天就是把我打死，我也不会说的。”沈为歪躺着，牙齿上粘着黏糊糊的血迹，笑嘻嘻地，“我们都是狗，是两条可怜的落水狗，都是命中注定的贱骨头！何立，你打死我，我也不会说的！何立，我知道我对你的重要性，所以我要让你一辈子活在被最好的兄弟背叛的痛苦之中，并且终生找不到原因！何立，我要让你不得好死，更不得好活！”

何立大吼一声，提着沈为的衣领，将他顶在天台的铁栏杆上，“你说不说，说不说？”

话音未落，天台锈迹斑斑的铁栏杆“嘎吱”一声，松动了，沈为的眼中掠过惊恐，但已经来不及了，何立狂叫一声，本能地伸出手想要去拉，沈为亦本能地伸出手来想要拉住何立的手，但两只被汗润得滑腻腻的手只是短暂触碰了一下，便迅速滑脱开。

沈为坠落了。

何立一屁股坐下来，喘着粗气，闭上眼睛，半天回不过神来。周围的兄弟们开始步步后退，他们想跑，又怕已经被逼上梁山的何立会与他们中的任何一个人同归于尽。绝望笼罩在这片小小的废弃天台上，无声无息。

直到一声微弱的“救命……”响起。

何立没命地奔向天台边缘，俯下身子向下张望。

是沈为。他一路坠落，却幸运地被伸出的雨棚和树枝再三阻挡，现在正抓在三楼一间教室的向外打开的窗户框上苦苦坚持。

何立伸出手去，似要抓住什么。“阿为，阿为，沈为，你别怕，哥在这里……”他还想说些安慰沈为的话，但浑身颤抖，下腹有快要决堤而出的垂坠感。

“我不怕，哥……你拉我上去就好……”沈为眼泪流出来，淌进头发里。死亡的恐惧浓重如阴霾，笼罩了他的眼睛。“我不想死……我真的不想死……求求你救救我……”

何立胡乱抹了一把脸上的眼泪鼻涕，尽量把声音放缓：“你别胡思乱想，你别急，阿为，哥一定救你上来，你先别说那些话了，你等我，等我，我去给你喊人！”

沈为却大声叫住了何立：“哥，不！别走！我不想你走！我快撑不住了，你就再多陪我一会儿吧……”沈为努力想回忆起父母的脸，但是一次次失败。世界上什么都能换，就是父母不能换。他不恨他们，他只是想知道，他们生下他，都没问一声他的意见，究竟有没有爱过他呢。

何立拿他没办法，也不敢走，怕一走就是永别，呆立在原地，站也不是，坐也不是，左顾右盼，发现身旁的兄弟们早已步步后退至天台的楼梯口，苦笑一声，用尽力气大吼一声：“还不快去叫人啊！”这些十六七的少年哪里见过这种场面，顺势没命地跑掉了。

他们会去叫人吗？何立心里没底，顺着天台滑坐下来。

耳边有安稳的声音传来！“月光光，照地堂，年三晚，摘槟榔，五谷丰收堆满仓啰，阿仔你快快闭眼喽，一觉睡到大天光[①]……”

何立觉得心安多了，心安得想就地躺下，闭上眼睛，就这样睡过去。至少，至少，此刻他觉得他不是只有一个人。他开始没有那么害怕了。他只是想念那个安稳的声音，分外想念。

于是他跟着记忆轻轻吟唱起来：“月光光，照地堂，年三晚，摘槟榔，五谷丰收堆满仓啰，阿仔你快快闭眼喽，一觉睡到大天光……”声音越来越大，含混不清地夹了哭腔：“沈为，你别怕，哥

① 改编自粤语儿歌《月光光 照地堂》。

一直陪着你，啊……”

豆大的雨点开始砸下来，开始只是一颗两颗，接着越来越多，越来越频繁，越来越密集。

昏黄的天空大口吞吐着铅灰色的云，像剧烈反刍的牛。越来越多的雨水砸在小小的天台上，砸在何立身上，砸在苦苦攀着窗檐的沈为身上。

“哥，我快撑不住了……”沈为低语一声，窗檐落上了雨水，指尖传来危险的即将滑坠感，大雨咆哮着，全身的重量倾压在他的肩膀上，胳膊因肌肉过于紧绷而几乎失去了知觉，他的眼前开始忽明忽暗，他试探着呼唤，“哥？哥？救我……救我……救我……我快不行了……”

何立听到了他的呻吟，翻身站起，没命地向下探着身子：“沈为，你别怕，我就在这里，我哪也不走，你别怕！沈为，你坚持住，坚持住！他们马上就来了！”

窗框开始发出张牙舞爪的狞笑声，沈为闭上了眼睛：“没用的，哥，没用的，他们不会回来了，我也坚持不到他们回来了。”有人说，人临死的时候，一生的经历会在眼前快速地重现一遍，像倒放电影一样奇妙。沈为闭着眼睛，蓦地发现这个传说竟然是真的。

很多很多年前，父母还挣不来那么多钱的时候，小两口就挤在市郊一排筒子楼的一间出租屋里。后来，就在这间出租屋里，他们有了小沈为。

年轻的夫妻俩围着这唯一的宝贝儿子打转，母亲瘦弱，奶水不够，父亲就用开水兑好奶粉，挤在手背上量好温度，估摸着烫不着他，才小心翼翼地塞进他的嘴里。周末，父母会推着躺在婴儿车里的他去逛公园、晒太阳，母亲时不时地给他擦汗、喂果汁，父亲把他放在脚背上，悠悠地往天上荡，小小的他粉白粉白，胖乎乎的，“咯咯咯”笑起来像个小肉团。沈为甚至能看到，夜晚把他哄睡后，母亲在昏黄的灯光下温书，喃喃地背着记着。画面一转，竟又切换成父亲提着公文包在外奔波的场景，酒桌上的酒瓶和碗筷七歪八倒，父亲的皮鞋和手表却在日子的潺潺长河里逐渐更新换代了。

更大一点儿的时候，他们一家搬进了父亲贷款买的一套三居室里，爸妈也终于不用上班一天三趟地倒公交了，房子不大，地理位置也不好，在一个老式小区的狭小巷弄里，七扭八拐的防盗窗上布满斑驳的锈迹，灰泥抹的墙面上淌着空调室外机漏下的水，地上不时有猫狗拉的屎尿，角落里停着落满尘土的单车和电瓶车，漫天漫地贴着五颜六色的小广告、小标签，菜香和花香争先恐后地涌动在这方市井里。即便如此，新房子至少远离了油腻腻的公共厨房和散着氨气味道的公共厕所。

父母的工作越来越忙了，应酬越来越多。越来越多的日子里，父亲凌晨才回家，母亲身上的香水和脂粉气也越来越重，客厅的灯越亮越晚。两个人开始频繁地争执，一开始碍着沈为压着声音，后面就顾不得太多，声音一个比一个拔得高。小小的沈为听不懂，也不想听懂。他们吵架的时候，他就缩进自己的被窝里瑟瑟发抖。

他慢慢习惯了掩饰自己的恐惧。

一天凌晨，父亲红着眼睛回到家。当时的沈为已撑了整整一夜，硬是不睡，就是因为吃晚饭时听到母亲说父亲今晚回家。他在半睡半醒间，听到钥匙开门的声音，一抬眼看见父亲，兴奋地大叫一声，父亲疲惫地笑笑，弯下腰，摸摸他的手，问他冷不冷，然后自顾自地走进厕所，半天没动静。他早就困得不行，本想再等父亲出来，奈何困意太强烈，实在挨不住，一下子就睡了过去。

他是被母亲的哭叫声惊醒的。母亲早上起床上厕所，发现父亲一晚上没进屋睡觉，厕所门一直关着。她敲敲门，没有人应，推开门的瞬间，父亲骨碌碌得像个大冬瓜似的滚下来，裤子也没穿好，屎尿糊了一身。他吓得直哭，救护车来的时候，他的屎尿也糊了自己一身。那是他第一次希望父亲不要那么辛苦，他不要进口的玩具和零食，他只要父亲。

十岁的时候，父亲不仅全额付清了这套三居室的贷款，且在市中心比较繁华的地段一次性买下了一套小复式。但是父母二人间的战争却开始升级。一次，醉酒后的父亲舞着一把明晃晃的菜刀围着餐桌追着母亲，母亲又气又吓，一转身回了娘家。醒酒后的父亲知道母亲走了，也不说什么，也不去追回母亲，只是一杯杯地喝着闷酒。他摇着父亲的手臂，讨好地笑，求他打电话给母亲，父亲摸摸他的头，从钱夹里掏出几张红色的钞票，胡乱塞进他的手心里，然后径自往肚里灌着一杯杯的闷酒。那天他盯着怀里的钞票，父亲盯着怀里的酒，两个人愣怔着一起发呆，直到天一起黑下来。

念初中的时候，父母已经在几个一线城市和老家分别买了房子，家里的条件彻底稳定下来了，两个人的感情也稳定地走到了尽头。一个平常得不能再平常的周末，父母在客厅里安静地签着离婚协议，沈为在房门内戴着耳机听着 The Beatles 的《Yesterday》，把音量调到最大，四肢张开，以最放松的姿态瘫倒在床上，眼泪流进头发，濡湿了头皮，冰凉凉的一片。

沈为第一次和人打架，是和一帮混在学校里大小帮派最底层的家伙。那天正赶上他们打架输了，不巧看见了垂头丧气耷拉着肩膀的沈为。沈为满脑子想着父母的事，一不留神就撞上了领头的。

“怎么这么衰啊！死了妈了？”对方率先一句恶毒的讽刺，激怒了沈为，他“啊”的一声大叫，一拳就冲了出去，因为不懂躲闪和进攻的技巧，反被对方轻松闪避，一拳回击，正中面门，鼻血“滴滴答答”打在了地上。何立就是这个时候出现的，也不说话，上去就是一脚，对方恼羞成怒正欲爆发，抬眼一看是何立，只好不甘心地罢休。

沈为抬起不争气的泪眼，何立好看的眉宇间写满了不羁，耳朵上打着两颗耳骨钉，手臂上文着“NIRVANA”[①]，看起来怎么也不像个好人，但少年沈为从此就对他死心塌地了。

何立十六岁生日那天，带着沈为，偷偷爬上宁市最高建筑的天台，两个人脱光了上衣，对着夕阳一瓶瓶地吹啤酒。四只帆布鞋底下的建筑，一个个火柴盒堆似的叠在一起，黑白蓝绿各色的车像一队队铁皮的蛆，缓缓在街道间向前蠕动着。何立对着他号啕大哭，他也号啕大哭，两个人大声叫喊，痛快不已。何立把他当作最好的兄弟，他知道。他也把何立看作最好的兄弟，但是他不知道何立知不知道。他有很多事没有告诉何立，例如董子雯。

那天是情人节，他把偷偷叠了近两个月的365朵五颜六色的纸玫瑰用精致的纸盒包好，系上漂亮的缎带，藏在校门口的收发室里，准备送给隔壁班的董子雯。他等在她们班门口，想告诉她，他不想和她做兄弟了，他想她做他的女朋友。迎面撞上捂着脸哭着跑出来的董子雯，他吓坏了，想拉住她，周围愤懑不平的女生已经主动向他报告原委。他握紧拳头，暗骂怎么又是何立那畜生。

年少轻狂的爱情总是简单直接的，他长这么大第一次喜欢上一个女孩子，甚至说不出为什么，也许只是喜欢她的马尾辫，小虎牙，白皙的手腕和脖颈，也许只是喜欢她抚摸着校园里流浪猫时的怜爱神

---

① NIRVANA：涅槃乐队，美国的一支摇滚乐队，于1987年在华盛顿州的阿伯丁组建。

情，也许只是喜欢课间打水上厕所时和她擦肩而过的瞬间，也许只是喜欢她在篮球场边尖叫时自己浑身血液沸腾的快感，虽然他也很清楚她不是在为自己呐喊。

董子雯是他小时候的邻居，从小玩到大，但情窦初开以后的董子雯也一直只是把他当哥哥看，他知道。小时候不懂什么是“喜欢”，只是喜欢和董子雯待在一起的感觉。他有次犯了错误，被爸爸关了禁闭，反锁在房间里。那天他正没出息地蜷在墙角哭得伤心，听到了董子雯轻轻呼唤他的声音。他站起来，看见梳着两根麻花辫的董子雯站在对面楼下，开心地朝他打着招呼，不时扮着鬼脸逗他笑。他边笑边哭，一不小心吹出来一个巨大的鼻涕泡，他又气又羞，赶快蹲下，但是那一瞬间心里却开满了花朵。因为曾经尝过青梅竹马的甜美滋味，他比任何人都清楚蒋婷婷对于邢一明的重要性。那也是他第一次心中对何立生出反感。

年少轻狂的爱情也总是被分外珍惜和呵护，他见不得她受欺负，虽然她是主动方，虽然“主犯”是他最好的兄弟，但他就是觉得那个混蛋不该轻慢她的真心。于是他生出报复他的冲动，他知道打不过他，所以他想揭开他的伤疤刺激他。

现在他成功伤害到他了，但是不知道为什么，他并不痛快，并不开心。

他在何立血红的怒目里只看见了一个从来不曾长大的小男孩，一脸受伤，瑟瑟发抖。

窗框在一点点地脱离窗户，沈为睁开眼睛，惊觉自己的一生竟然如此之短，短得自己还没来得及看遍这世间的好风景，就要离开了。他不遗憾，他只是有些好奇，好奇留在人世上的人究竟会不会心疼自己，会不会痛心自己的离去。

但是老天不允许，也不给他机会再去揣测了。

耳边呼啸的风声在迅速拉长，拉长了何立的呼喊，听不太清了。

剧烈的痛楚潮水一般涌来，包裹着他，最后的视线里，长久地停驻着一双黑皮鞋。

天色暗了下来，不知道什么时候，太阳已经下山了。

诡谲的声音不知何时已经停止，会客厅里一片死寂。

只有时钟在一丝不苟地敲响。

DAY 3
悟空

摘自林殷的自我体验[①]报告——

摘小诗一首。

壳中人

情感瘸腿
灵魂出走
造一个壳就是造一个家
通天雨柱 压在我的头顶
叫我名字
孙悟空
我说我不是斗战胜佛
我渴望太阳和光
我追逐那两片
装着紧箍咒的薄唇

① 自我体验：又叫“个人体验”，指的是心理咨询师为了保护个人心理健康，与成熟的临床心理咨询导师建立咨访关系，请导师对自己做一对一的咨询。

但身后的阴影
我不想
隐藏

人人都迷失了自我，包括我自己。该如何寻回迷路的自己，带他（她）回家，是我们每个人一生的课题。

诡谲的声音背后的人是个讲故事的好手，在这临时的、抑可能是永远的密室里，讲述了一个谁也不想聆听，却被迫聆听的漫长故事。未完待续。

几日来，人们想了不少办法向外界求援，但是无一例外都在反复失败。红顶密室像一叶渺渺大洋上的扁舟，彻底与外界切断了联系。诡谲的声音反复保证，不会伤害任何人，但唯一的条件就是必须听完这个故事。惊怖后的漠然笼罩着这个密闭的空间，现在这个声音想得到什么答案应该都可以得到了。

手机和充电宝早就没电了，靠着墙上的挂钟和自己的手表，林殷用铅笔在卧室的墙上轻轻添上第三笔。

第三天了。

下楼，拉开食品柜的玻璃门，林殷取出了一盒常温酸奶和一袋曲奇饼干。手边书架的底部，整整齐齐插着一摞杂志，再往四周打量，发现肉眼可及之处都是书，角落里的格子书架上码着书，墙上钉着的木板上堆着书，客厅靠门边上定做的书柜甚至一直延伸至二楼，显然密室的主人一定是个嗜书之人。林殷收回目光，轻轻碰触书身，居然一尘不染，于是随意抽出一本，和食物一起拿到餐区。

餐区很大，桌椅分开放置，已经三三两两地坐了几个人。

梅爱群一个人坐在靠墙的一桌，捏着一块华夫饼慢慢嚼着，手边是一份摊开的英文报纸。

方志西和徐娣坐在一起，依然在窃窃私语，手边除了两杯加冰的清水，干干净净。

出乎她意料的是，项毅和罗念竟然也坐在了一起，而且选的还是最角落的位置。两个人似乎正在争执些什么，听不清楚，当然她也没有打听的习惯，索性不理，自己随意选个位置坐下。

然而项毅和罗念争执的声音越来越大，"虚伪""可怕""恐怖""不可理喻"等越来越不堪入耳的字眼开始冒出。她有些无奈地往那边瞥了一眼，发现梅爱群也在和她一样往那边张望。

不久，方志西和徐娣起身离开了，似乎自始至终都没有注意到项毅和罗念的争吵。

突然，罗念站起身，向正往嘴里塞奶酪的项毅头上"哗啦啦"地浇了一整杯红酒下去，接着是酒杯与地板剧烈相撞发出的刺耳响声。

林殷和梅爱群同时起身，紧张地对视一眼。

"你 ×× 的什么毛病？"项毅恼羞成怒，正欲进一步行动，罗念已经直直倒了下去。

摘自罗念日记——

2019 年 9 月 11 日

在这方小小空间里，八人日日围坐着抱团取暖，日日被迫接受着良心的凌迟。

这样的日子何时是个头？何时才能逃出生天？没有人敢想。

连日的失眠惊梦令我疲惫不堪，食不下咽。

……

耳边是项毅无休止的斥责、谩骂，我觉得恼怒、厌倦，更多的是疑惑。

我想起来大家第一次聚在这个小小空间里，当我轻轻吐出自己名字的时候，他眼珠死死定在我身上的样子，目光里有些说不出的、复杂的东西。

为什么呢？

……

我站起身，不受控制地端起酒杯，将杯中酒缓缓倒在他的头上，酒红色的液体顺着他沾湿的发梢小股小股地分叉开来，淌到他的白色T恤上。

“你××的什么毛病？”他爆粗口了，我甚至能捕捉到他眼珠的颜色迅速变暗了。

我咧嘴，硬生生压抑着自己内心的厌惧，“因为你烦。”

真该死。那一刻，我的意识竟然涣散了。

为了不失态，我故作潇洒地转身，却还是来不及了。眼前的地砖已经开始倾斜，旋转。

摘自罗念 1996–1998 年的日记

下午体育课，小腹一片冰凉的疼痛，像有锐利的刀片在毫不客气地搅动、割裂。我暗骂该死的生理期，无力地跌坐在校医室门口。

杜朗清就是在这个时候出现的。她递给我一杯热气腾腾的开水，关心地问：“你还好吗？”

这个姑娘好好看啊，眉眼弯弯，笑起来慧黠可爱，感觉真是应了那句“绣面芙蓉一笑开，斜飞宝鸭衬香腮，眼波才动被人猜。”

……

高中部和我们初中部完全是两个世界。杜朗清是高中部的学姐，成绩很好，属于靠脑子读书的聪明学生。在我们这个烂学校里，她却总是给人一种特立独行，出淤泥而不染的感觉。一校两部元宵汇演上，杜朗清的一曲《点绛唇》舞得清丽脱俗，一时间追求者众多。当然我知道，她对那些都不感兴趣，她一门心思扑在高考上。

和她越是相处，我越是生出羡慕，羡慕她一点点的聪慧晓畅，一点点的洞明人心，一点点的尖刻狡黠，还有一点点的清高孤傲。这些一点点都加在一起，就是杜朗清了。

世界上有两种人是注定与周围的环境格格不入的，一种是特别愚昧的人，一种是特别聪明的人，我觉得杜朗清属于后者。

而且她本来就不该属于这里吧。她应该属于更高处。

我能感觉得到，杜朗清也是喜欢我这个学妹的。支离破碎的家促成了我时常沉默不语的性格，然而这不受他人待见的古怪秉性反倒与杜朗清的孤傲相投缘。她的朋友很少，孤独是她生活的常态，但是我想，她一定很少感到寂寞。

……

“黑夜给了我黑色的眼睛，我却用它来寻找光明……”无风的周末下午，杜朗清喜欢跑来我家找我，我们各自做完功课，瘫在沙发上发呆，她就一边给我涂指甲油，一边轻声诵着顾城的诗。我痴迷地盯着杜朗清手头的一切，看她的手指上下翻飞，她的手指也真好看，像葱管一样干净，耳边是她软软糯糯的朗诵声，心底深处一片恬静。

……

听说黄家驹今年要举办全国巡回演出，可惜我还在紧张万分地备战中考。

我自知不是块读书的料，一直没有找到适合自己的学习方法，虽然看着很努力，然而分数和排名并不突出。中考在即，我很清楚自己不太可能冲到宁市头部那几所高中里，能保送到本校高中部已经是我最大的心愿了。不仅仅是因为杜朗清，更多的是因为他。

注意到他，是在一校两部的运动会上。

看他灵敏如闪电，快速起跑，大步跳跃，然后在全场欢呼尖叫声中以一个娴熟的背越翻过横杆。那天他一次次地快速起跑，一次次地起跳，越过横杆，一次次地刷新建校以来的历史记录。十四岁的我，呆呆地盯着大笑着向观众席挥手致意的他，内心小鹿乱撞。

大多数女生的青春里应该都有一场这样的暗恋吧。他的瞳孔里总是自带星光，他的全身永远自带光环。会因为他的笑容高兴很多天，会因为他的一句话记得很多年；会忍不住做些奇怪的事情吸引他的注意力，故意在彼此擦肩而过时和身旁朋友打闹大笑，在自己出丑时懊恼地偷偷觑着他的神情，也会做些奇怪的事情讨他欢心，往他抽屉里塞温热的早餐，叠百折千回的纸星星，更会为了他想要变成更加优秀的自己，解开马尾，剪成短发，拼命背书刷题，大考后在红榜上用手指量着数着自己与他的距离。一日一日，一年一年。

即使是一场空欢喜也无所谓，因为这可能就是“青春”的一部分吧。

薛致对于我来说，就是这样的存在。

……

今天早上，杜朗清举着两张好不容易抢到的票，一路大呼小叫敲开我家的门。

“阿念，我拿到家驹的票了！太不容易了，简直百年难遇！我这个低碳女终于也有出门的借口了！”杜朗清兴奋地两眼发光，甩着我的手，笑得像个孩子。

“可是，朗清学姐，我快要中考了……”我低着头，看向自己不安扭动着的脚趾，瑟缩在拖鞋里面。

杜朗清点点头，用手揉乱我的蘑菇头：“我知道啊，但是机器运转久了也得歇一歇，上上油嘛，没事的，不差这一会儿！复习得怎么样了？我给你勾勾重点吧，好不好？”

我当然对杜朗清的排名和分数早有耳闻，忙不迭地搬出所有的教参和课本，在她面前小心翼翼摞成一堆。

“你看啊，学习的重点绕来绕去还是这些，跳不脱的。”杜朗清握着笔，在我的书上轻轻勾画，“比如刚才那个知识点，你的教参、课本和试卷上来来回回重复了四次，这就应该引起你的重视，我看，你还是应该先回归课本，把课本上的知识点啃透，例题做熟，区区中考，小意思啦……”熟悉的眯眼笑，不知道为什么，这一回，却笑得我内心深处泛起了淡淡的涟漪。

……

再次复习的时候，我尝试着把杜朗清勾画出的知识点都细细看了一遍，例题都重新做了一遍，果然感觉头脑里轻松了很多。只是不知道为什么，我并没有太多快乐的感觉，胃里反而升腾起一种陌生的不适感，我的眼前模模糊糊浮现出杜朗清的笑脸，莫名觉着有些过于甜腻。

晚上做完功课进浴室洗澡，我借着热气氤氲，对着浴室里的镜子打量自己的身体，有些懊恼地摇头。原来，我依然是一个小女孩，不仅仅是身体。这一天，我再次看清了我与杜朗清之间遥远的距离，这一天，我也终于知道了那种模模糊糊的、陌生的、尖锐的不适感，叫嫉妒。

2019年9月11日

……人中一阵剧烈的疼痛，我费力地睁开双眼，视野因无法迅速适应刺眼的光线而白茫茫一片。

“罗念？罗念？你还好吗？听得见我说话吗……”原来是那个心理医生啊，她和杜朗清很像。其实她远没有杜朗清漂亮，但就是有一种说不出的同样熟悉的感觉。

我又合上双眼，略略安心。恍惚中，杜朗清用手抚着我的额头：“好点儿没？给你灌了蜂蜜水。你怎么没吃早餐呢……”熟悉的关怀声又远去，缥缥缈缈，如林中鸟儿遥远的歌唱。

“几许将烈酒斟满……那空杯中……借着那酒洗去悲伤……”温柔的歌声，饱蘸哀伤。

嘶吼。泪水。死死捂住双耳。“闭嘴！别唱了！我叫你别唱了！”

“……旧日的知心好友，何日再会，但愿共聚互诉往事……”①

是谁在唱呢？竟然看不真切了。只剩不成形、不成段的记忆，断断续续。但是那种强烈的感觉却又那么清晰，像揉进心里的碎玻璃，拿不出来，愈加疼痛。

乔西君进来的时候，林殷正在整理一中学生咨询的记录和材料。

林殷一直清晰地记得和乔西君第一次见面的场景。这孩子很漂亮，梳着乖巧的空气刘海，睫毛又长又密，垂眼哭泣时像两把小扇子一样从高挺的山根两侧伸出来，虹膜颜色是很特别的浅褐色。林殷不知怎么竟想起小时候家中老人似乎说过，浅色瞳孔的人大多心狠。

“西君是吗？老师可以这样称呼你吗？”

乔西君点点头，还没开口，眼圈就红了：“老师，我今天是来向您求助的。我最近遇到了大麻烦！”

“你别着急，慢慢说，老师和你一起想解决办法，好不好？”

乔西君可以说是宁市一中里的风云人物，长相甜美得像洋娃娃不说，学校的大考小考，成绩从没掉出过年级前五十，一进学校就被校舞蹈队和广播站挖走，一中几乎没有人不知道她。相比之下，她的同班同学程红就没那么幸运了。程红瘦弱矮小，不爱说话，鼻子上架着一副黑色窄框眼镜，头发常年糊着一层油，一绺一绺地用皮筋潦草地绑在一起。

乔西君提到这个细节时，眉头难以控制地蹙缩在一起，林殷知道，那是轻蔑的身体语言。她迅速留意了一下乔西君的个人细节——头发柔顺，校服簇新，手腕上的表和脚上的运动鞋都是最新款，说话

① 摘自Beyond乐队的《再见理想》，发行于1986年。

时后脑勺的蝴蝶结随着脑袋的摆动一跳一跳的。

乔西君平时花了不少时间精力在校园活动上，但靠着周末家教补课和自己的努力付出，她的功课一直没有落下。同在重点班的程红则把读书看成了天大的事情，她每天最早到教室上早自习，最晚结束晚自习，背着自己的大书包往返于宿舍和教学楼之间。书包一看就用了很多年了，边角处磨得发毛，甚至露出不少被书本锐利的边缘撑破的豁口。乔西君曾问过程红为什么不把笔记和课本放在教室里，程红没理她，只是低头继续一笔一画耐心誊抄着那永远也抄不完的笔记。

距离宁市一模还有一周时，一天下午，最后一节课结束后，大家都去食堂吃饭了，程红又一次留在了位置上整理笔记。乔西君拍拍她，关切地说："小红，知识是往脑子里记的，不是笔记抄出花来就能把成绩弄上去的。你信我一次，试试调整一下你的学习方法，我保证你这次考试一定会有很大进步的！"程红抬起头，一把推开她的手，指间夹着的红笔掉落的同时在乔西君洁白的袖口上拉出一条猩红的长线："收起假惺惺吧，管好你自己就可以了。"

乔西君回忆到这里，早已泣不成声。她把脸埋进手心，肩膀颤抖着："老师，您觉得我哪里有错啊？为什么她要这么践踏我的真心啊？"

林殷递过桌上的抽纸："后来呢？"

第二天的早自习，乔西君和朋友嘻嘻哈哈着走进教室，像往常一样打算抽出桌屉里的习题册准备交作业，却发现习题册半天拔不出来。乔西君心下一惊，低下头一看，习题册底下竟然被涂了厚厚的胶水，风干以后就被粘在桌屉里了。她顿时暴怒，用力一扯，习题册的封面"刷"的一声就被扯烂了，翻开里面的纸页，竟都是触目惊心的

“乔西君去死吧”！

乔西君一时怔住，大脑一片空白，还未来得及想到做何反应，她的同桌已经抢先一步站起来，举起练习册大声嚷嚷：“谁干的！谁干的！怎么回事啊！”

乔西君却一把夺回，似乎想起了什么，一转头，对教室最后面的程红大喊一声：“程红！你为什么要这么做？”

程红涨红了脸：“你在说什么？”

“就因为我昨天建议你不要盲目抄笔记，你就这样搞我？你疯了吧，程红！”

程红嗫嚅着嘴，半天说不出一句完整的话：“不是我……你为什么要说是我……”

“你们在干什么？”进来的是班主任孙胜男，“你们两个，现在到我办公室来！”

孙胜男把养生壶从底座上拿下来，将壶中的枸杞百合红枣茶倒进水杯：“乔西君，你先说吧，你有什么证据证明是程红干的？”

乔西君激动地握紧拳头，恨恨地看了一眼程红：“孙老师，您翻开作业就知道了！程红写字，和我们大家都不一样！她写竖弯钩时，会写成斜钩，而且昨晚最后一个离开教室的就是程红！我当时劝她改进记笔记方法的时候，她还与我发生了争执，不是她还能是谁？”

孙胜男一脸狐疑地翻开程红的作业，又翻开乔西君的作业，果然，凡涉及竖弯钩的字，程红都不会拐那一下，一定会直接将笔迹斜下去，写成斜钩。而且程红的笔可能因为质量比较劣质，作业本上的字迹大都有深有浅，有些地方因为没水了，还要描好几遍。

确实和班里其他同学不太一样。

“那天，孙老师叫来了程红的家长，说程红能做出这种事情，实在不像是一个高中生干出来的，又幼稚又坏。程红的父亲不懂教育，前脚拖着程红离开办公室，后脚就在走廊里让程红跪下，然后抽出皮带一边打，一边骂，还不让程红躲闪！程红一路号哭，在走廊里跌跌撞撞地滚爬！要不是孙老师和年级主任及时赶到，程红怕是要被活活打死了！”

乔西君说这些的时候，眼神复杂，混着二分恐惧，一分恨意，还有七分掩饰不住的快意。

“经历了她爸的毒打和孙老师的思想教育之后，大家都以为程红会从此改过，然而，这个疯子的游戏才刚刚开始！”

后来，先是乔西君的必修课课本被丢进走廊上的垃圾桶里，书包被剪烂，手表被涂上 502 胶水彻底报废；接着是乔西君留在教室里的校服被泼上碳素墨水，手表被丢进教室的鱼缸里彻底报废；最后一次，程红甚至把她反锁在女厕所里整整一夜，到了早上清洁阿姨来打扫卫生，她才得以被解救。

乔西君的人缘很好，朋友很多，十来岁的少年大多讲义气，纷纷帮着她把这件事捅到了微博和贴吧里。一时间宁市一中的热度在全网迅速飙涨，程红的事以肉眼可见的速度在发酵，引起网友热议。乔西君的朋友还在陆陆续续曝光发帖，甚至补充上了二人之间的微信和 QQ 聊天记录，内容无非关于程红对乔西君进行威胁、辱骂和人身攻击。舆论铺天盖地，大多是一边倒骂程红的，也有骂一中校风差劲，手段软弱的。已是春季学期末，又快要到新一年的招生季了，不少初三学生的家长甚至跑到学校官方微博下面质问学校，希望给个说法。

事情发展到了这一步，无疑已经给这所市内数一数二重点高中的名誉带来了巨大的负面影响。程红屡教不改，毫无悔意，基本也就没有继续留在这里读书的必要了，校方委婉地向程红父亲提出劝退。

于是程红在一个普通得不能再普通的早晨离开了，桌屉里空空荡荡的，什么都没有留下。

“三天前，她突然用小号加我微信，然后发了几张 PS 合成的裸照！头像竟然是我！她威胁我要发到网上去！”乔西君的眼睛陡然瞪大，惊恐和愤恨交织着要喷薄而出。

“什么？”林殷大惊，刚想说些什么，学校的钟声敲响了。林殷抬腕看看表，一脸歉意地对乔西君说，“老师马上还要去开个会，咱们今天先说到这里好吗？只要你愿意，你随时可以通过学校邮箱或者公众号向一中心理咨询室再次发起预约。还有，基于你的情况，老师建议你，必要时报警处理，学校和老师能做的其实很有限，毕竟程红已经不是一中的学生了，我们再插手也不太方便。”

乔西君死死攥住林殷的手臂不放：“老师，那她给我带来的伤害怎么办？前不久，我已经确诊了抑郁症，夜夜睡不好觉，夜夜做噩梦！梦里都是她站在我的床边向我举刀相向的样子，她满脸是血，血里带笑，她分明在冲我咬牙切齿地说，‘乔西君，我死都不会放过你！’”

心理咨询室里的空调明明开得很足，可是乔西君额头上的汗水却几乎把她的刘海都濡湿了，她开始剧烈地倒吸气，两眼圆睁，浑身颤抖。林殷暗叫一声不好，这似乎是急性惊恐发作的症状，她一手抓住乔西君汗湿的手心，一手慌忙从口袋里掏出了手机。

DAY 4
老幺

第四日。

绝对屏蔽的手机信号。手机和充电宝早已经没电了，墙上的插座甚至都无法充电，重重上锁的钢铸大门，储物柜和冰箱里放置的足量饮用水和食物，无不暗示着逃跑的零可能性。

“早上好，伙计们！昨夜睡得可还好？哈哈哈哈哈……”诡谲的声音果然再次如约而至，短暂的暖场嬉笑很快戛然而止。真正的故事，悄然拉开了帷幕。

第四日。

陆颖合被囚禁的第四日。梁智武的母亲出公差的第四日。

这一天阳光醑醇如酒，天晴正好，肮脏腐臭的阁楼里却再也没有天亮。

“今天玩一票大的，怎么样？”何立压着嗓音，眼神因过度兴奋而诡异地快速闪烁。

片刻的沉默。梁智武犹豫了一会儿，斜眼觑着昏睡不醒，鼻青脸肿的陆颖合：“怎么玩？”

"破了她！"

一瞬间，唐语琳的心悬在了嗓子眼儿。她当然再清楚不过"破"是什么意思，她努力在自己浓密如发的报复的快感中找寻哪怕一丝的恻隐，算作对自己残存良知的托辞。

但是，这一刻，她只渴望扒干净这人面兽心的丫头的衣服，看清楚里面究竟住着什么，能够抢走她最爱的人！

诡谲的声音忽地停顿。它在竭力克制自己无法克制的哽咽。

"……为什么？陆颖合究竟做了什么，让这三个只有十来岁的少年竟用如此毒辣的手段去戕害一个手无缚鸡之力的同龄女孩……"

有人敲门的时候，林殷刚吃过午饭，正在歇午觉。

林殷有比较严重的起床气，顿时忍不住嚷嚷："谁啊？"

门外小心翼翼的敲门声马上停了下来。这回她彻底清醒了，这种小心翼翼令她不好意思不起来，压过了被无缘无故叨扰了睡眠的气恼。

她猛地拉开门，门外的人无处可藏，原来是项毅，那个喜欢自诩为资深动作游戏玩家的人。

林殷有些无奈："无事不登三宝殿。您说吧，什么事？"

项毅挠挠后脑勺，脸庞上竟爬过一丝孩子般的慌乱："嗯……也没什么，我就是听说您是心理医生……"

因为职业关系，接触的人多了，林殷渐渐对不同的来访者有了灵敏的嗅觉。有相当一部分人并不愿意花钱接受专业、高效的心理诊疗，这类人里又分为两种：一种是潜意识里就不相信心灵的力量；一种则是可能都分不清心理咨询师和心理医生的区别，先入为主地认为这种工作就是个肥差，只需要动动嘴皮子，在空调房里坐一天就可以收入不菲，所以常常对心理咨询师愤愤不平。唯有对打着“免费”“性价比高”旗号的从业人员能摆出个笑脸。当然，应后者这类市场需求的心理咨询师多半是初涉水的菜鸟新人，经验不够，能力不足，只好先自降身价以练手，效果如何另谈，二者一拍即合，倒也皆大欢喜。

想到这里，她冷笑一声，没好气地打断了他：“不好意思，项先生，我有三点必须事先说清楚。第一，我不是心理医生，而是心理咨询师，这二者是有巨大差别的；第二，莫名其妙被骗到这里软禁了这么多天，已经让我痛苦不堪了，我自己也正处于一种‘心理亚健康’状态，需要慢慢调息，对于您此刻的求助也爱莫能助；第三，我个人认为如果您诚心需要寻求心理健康方面的帮助，还是建议您日后有机会的话，能愿意花点儿钱，通过正规渠道选择彼此匹配的咨询师，付费后正式建立咨访关系，在安全温暖的过程中达到治疗的目的。因此，我从不提供免费的心理咨询服务。”林殷以为这下他该知难而退了，于是准备合上房门继续她未尽兴的酣眠，未曾想他长臂一伸，拦住了门：“不，不是这样的。林医生，不不，林老师，您误会了。我没说我要免费，我给钱的，给钱的。还有我也有几点要说清楚。第一，我对心理咨询这个行业还是小有研究的，我了解过，某些成功的心理咨询所产生的效果是双向的，既能帮助患者成长，亦能帮助心理咨询师成长，我一向是一个追求双赢的人，我也同样希望能够给予您适当的帮助。您不和我试试怎么知道结果呢？第二，我确实是诚心寻求心理健康方面帮助的，并且我本能地觉得我和您是合拍的。另外，就算您不提，我也会主动支付给您相关费用。我不是您以为的那种人。我的手机现在开不了机了，但我有随身带钱包的习惯，您看——”项毅从裤兜里掏出了一个钱夹，里面有厚厚一沓簇新的钞票。项毅苦笑：“几天前，我本来是想参加完这个玩家趴以后就去银行换点儿美元，谁能想到呢？现在这钱可能永远都花不出去了。”他抽出几张，作势想要塞进林殷手里，被林殷拦住了。

这下轮到林殷哑口无言了。她抱着双肩，低下头，想了一会儿，抬起头，正对上他盛满期待的双眼，只好叹了口气：“走吧，我知道有一间合适的空房间，我们借一步说话。”

“我换种方式问你吧，您想从我这里得到什么帮助呢？”

项毅的下嘴唇抖了抖：“遗忘。清洗掉一段记忆，一段我永远不想再想起来的过去。”

“项先生，我得诚实地告诉您，这不太可能。退一万步来说，即便技术上可以做到，职业道德也不允许我们这样做。我也许可以帮助您一起处理创伤，走出创伤，获得成长，但不能帮助您遗忘。还有我得礼貌地提醒您，想要很快的遗忘从某种意义上是一种更深的压抑，对自己的伤害很大。有些事情，时间长了你自己也可以慢慢地淡化，但不是彻底忘记。”

“我懂了。”失望的苦水淹没了他所有的期盼，他双手交叉，越叉越紧。林殷泰然自若地观察着他的神情起伏：“好，刚才我们也聊了这么多了，玩个小游戏放松一下。现在，我让您做什么，您就做什么，跟着我的节奏来，OK 吗？”问询的目光对上项毅的眼睛，像两只有魔力的小手，抓得他的脑子生出一圈圈的倦意。项毅昏昏沉沉地点点头，不知是因为连夜的失眠还是刚才话说多了使他倦了，意识开始朦胧起来，像深一脚浅一脚走在伸手不见五指的大雾中。“闭上眼睛……现在想象着你自己正穿越时空隧道……时空隧道的尽头，站着一个小小的你……”林殷没有告诉项毅自己的另一重身份，是一名催眠师。

项毅在黑暗中腾空而起，失重前行，脚步在扭曲的空间里蹒跚，努力在茫茫黑暗中抓住些什么。恍惚中，前方微弱的光斑在一点点扩大，钻进他的眼中，钻进他的心里。

“……好，现在你看见他了……你觉得……他几岁呢……”

偌大的空间里，空气凝滞如一潭死水，项毅呼吸沉重，把这死水吹出朵朵涟漪。他的眉头拧紧又展开，紧闭着双眼。豆大的汗珠顺着高低起伏的五官滑落，在身下炸出一朵朵小花。三十五岁的项毅陡然笑了起来，眼泪鼻涕挤挤挨挨着淌到脸上，淌到脖子上。

“……九……九岁的样子……”

“好……现在他站在你面前了，同时他的对面站着那个恶狠狠伤害过你的人，你看得清那个人的脸吗？”

那团被汗水浸得湿淋淋的眉心，像一堆揉皱了的餐巾纸，皱在一起。

“看……看不清……”

“那你觉得，九岁的你，会走向现在的你，还是走向那个人？”

呼吸骤然粗重，喉间被装上了风箱。

“……走向那个人……”

林殷满意地勾起唇角，继续梦呓般呢喃软语：“为什么呢……九岁的你，明明那么恨他，为什么还是会走向他呢……”

眼泪，黏重的眼泪开始顺着脸上的沟壑蜿蜒。呼吸哽住。沉默。空间更静了，静得听得清紧闭窗户外空调发动机的“嗡嗡”声。

“……我不知道……”

“没有关系……我们以后还可以慢慢来……现在，听我的指令，我数五个数，然后你在听到我的响指时醒来，好吗？”

“好……”

“五……四……三……二……一……啪！”

项毅费力地睁开被泪水和分泌物浸得黏糊糊的双眼，心头懵懵懂懂，似乎什么都看得真切了，又似乎什么都看得更加不真切了。他一面看向林殷，一面努力适应着并不算太刺眼的光线，眼光清澈如初生的婴儿。困倦像温水一般浸泡着他的四肢。他只觉得浑身酸软无力。

也许这一切都只是大梦一场。又或者，他只是希望这一切都只是大梦一场就好了。

一九八八年。项毅四岁。

妈妈辞去纺织厂稳定的工作，打算只身下海。一天夜里，熟睡的他被慌慌张张的妈妈丢给了乡下的外婆。早上起来，迎接他的已是陌生的床单和门帘，还有笑得慈爱却陌生的外婆。

一开始难免有离开妈妈的不适感，他会在半夜号啕着醒来，然后看见皱纹里藏着关怀的老人守在床畔。

外婆有多年的关节炎，腿脚不利落。虽然他不被允许离开外婆的视线范围，但是小小的他也并没有太多的不满。

孩子总是易于满足的。

对于四岁的项毅来说，虽然偶尔也会有点儿小遗憾，没有办法和巷子里的小伙伴们玩弹珠和拍三角了，但是这并不影响他大多数时候在院子里盘旋飞奔，和外婆养的小黄狗你追我赶，电量不尽，不知愁滋味。

玩得累了，跌坐在地上喘气，外婆总会笑盈盈地从冰凉的井水中捞起可口的西瓜或者梅子。夜里洗过澡，外婆会在院子里架起铺着草编席的长木凳，项毅倚在外婆怀里，听外婆胡侃各种光怪陆离的神仙故事，听着听着，眼皮便沉重起来，只觉得，外婆的蒲扇好大好大，能赶走扰人的蚊蝇，也能赶走外面世界的恐惧和危险。

他依然思念妈妈，只是时间久了，这种思念便像搅拌得不够均匀的橘子水一般，甜淡不均。

人在孩童年纪，不明白死亡的含义，总是坚信身边最爱的人可以陪伴着自己，直到永远。就像项毅在懵懵懂懂的年纪也曾对外婆会永远陪伴着自己深信不疑。

神通广大的外婆，总能在他摔倒哭鼻子的时候从绣花口袋里变出两颗水果糖，总能把吃不完的土豆和白菜做出新鲜花样，也总能在酷暑难挨的夏夜和项毅分享一肚子神魔鬼怪的故事。那时候在他的心里，外婆就是无所不能的大仙女。

时间摇摇晃晃着过，转眼五年过去了。五年时间里，妈妈像人间蒸发一般，没有回来看过他，更没有带回来一点儿消息。

外婆上了年纪，愈加思念女儿，时常守在村口，拦住那些从城里返乡的人打听妈妈的消息，却一直一无所获。

项毅躲在门后面，偷偷瞄着外婆一次次失望而归的神色和一天比一天佝偻的脊背，内心里五味杂陈。他一方面盼着妈妈回家，一方面又有些怕妈妈回家，怕什么呢？他说不清楚，只是模模糊糊的，特别害怕。

秋去冬至的时候，外婆开始咳嗽。

一开始外婆没当回事，镇上的赤脚医生只当是连年的旧疾治，叮嘱她取了小孩拳头大的鸭梨，在五分之一处断一刀，把剩下部分的瓤子掏净，填入冰糖和镇上药铺抓的川贝，最后用签子把梨盖和梨身固定住，上锅蒸熟当作药来吃。奇怪的是，如此往复几次，外婆的咳嗽不仅没有减轻反而愈加严重，痰盂里黄白色的痰块里渐渐夹了越来越稠重的血丝。

一向无忧无虑的项毅失眠了。

九岁。九岁意味着他已经能念很多很多的字，多到能帮外婆念村里公告栏里贴着的宣传页了。

他当然会不由自主地想到“死”这个字。

小张老师在课堂上解释过：“‘死’，就是停止呼吸和心跳，并且再也不能和爱的人说话，也听不见爱的人说话了。”哦，“死”是这个含义。

外婆的身体每况愈下，她不再有太多的气力能够经常爬起来去村口守着女儿的消息。更多的时候，她蜷在床上，像一片轻飘飘的树叶，频繁的咳嗽像席卷着这片树叶的气流，项毅不由地越来越担心，那些气流会不会把外婆带走？失眠的夜里，项毅常常爬起来去看外婆，一如当年刚来外婆家的那些夜晚，外婆夜夜笑吟吟地守在他的床前，轻声哼念着童谣和神话，温暖粗糙的大手摩挲着他的脊背和额头。

再次彻底醒来的时候，天光大亮。

项毅眯缝着眼，困兽一般的目光扫视着视野所能及之处。精致的吊顶，上了锁的窗扇，以及身下回弹度极好的床垫，无不提醒着他一个可怕的现实——他还在这里，还在这栋红顶密室里。

他继续扫视着这方狭小空间。他睡了多久？有没有足夜？现在是第五天、第六天还是第多少天？他无法确定。一瞬间熟悉的焦躁涌上心头，他竭力克制着自己所熟悉的可怕的破坏欲，紧闭上双眼，大口喘着粗气，汗水渐渐从腋间流出，湿尽了他身下的床单，冰凉一片。

“喂，小子，不是这样打架的。”一声轻慢的嘲讽，声线却十分温和。二十多年了，依然清晰地回放在项毅耳边，一如初见。

外婆的身体越来越差，腿脚也不再利落了，镇上的舅舅、舅妈把项毅和外婆接到了自己家里。一下子多了两张嘴，舅舅家里的日子开始困难起来，土豆面糊糊拌菜叶吃得项毅越发单薄瘦弱。棉花巷里的小孩们都知道他家里的事，趁机欺负他，冬天用雪球团着小小的碎石子，追着他笑闹着砸："扫把星！扫把星！"项毅用手从脸上抹下来稀糊糊的雪团，雪里带血，他感觉自己整个人也在冰天雪地里被剥下遮羞布，剥下皮肤，浑身赤裸着渗出血来。他也尝试过反抗，奈何因为势单力薄没有一次成功过，久而久之便从习惯到麻木，因心虚恐惧而默默受着，不再多做理会。

项毅不再笑了。嫩得像能掐出水儿的莴笋一样的年纪，无论遇到多好玩、有趣的事情，他那段时间都再也没有笑过。他觉得自己不配笑。

雪球砸在身上并不痛，但他的心却像融化了的雪球一般，一点点地露出了里面裹着的异样的内容。

一九九五年中午，项毅放学回来，一眼便看见巷子口乱作一团，一群人围着什么，堵得水泄不通。有人在喊："玉芹她妈！"

玉芹是母亲的名字。

项毅的心猛地往下一沉，没命地跑过去，拨开人群。

外婆正歪倒在轮椅上，怀里抱着面盆，大口大口往外吐着鲜血，面色如纸。

"外婆！"项毅的眼泪一路淌进脖子，淌过肚子。他从来没有流过这么多的眼泪。时间无限拉长成慢镜头，他的眼前重重叠叠地出现了一层又一层斑驳陆离的碎片，直到护士轻轻推开他抽搐的双手，往安详睡去的外婆脸上蒙上了白布。

这一回他深刻理解什么是"死"了。"死"，就是停止呼吸和心跳，并且再也不能和爱的人说话，也听不见爱的人说话了。"死"，就是永远睡着了。

外婆永远睡着了。

中学时代，项毅凭着自己的聪明勤奋，竟一举考到了镇上。消息传开，村里张灯结彩庆祝了一阵，却没有人知道，从这时候开始，项毅的心已经渐渐远离了课本和学校。他开始陆陆续续投奔“组织”，抱团取暖的安全感让他时常有全身触电的感觉。他说不清为什么，虽然每天依然雷打不动地吃着土豆面糊糊拌菜叶，但项毅本来豆芽菜一般的身板却一天天结实起来。日子久了，“老大”开始将“小弟”分流，项毅有幸分得一支，兴奋地抓耳挠腮，恨不能所向披靡，赶快带着手下小弟在地方称霸。

直到来了这么一天。

当整支队伍被打得稀里哗啦，对方头头的拳头顶在自己的鼻梁骨前，他惊恐之间，选择懦弱地闭上双眼。尔后便听到那声轻慢的嘲讽。挑衅，慵懒，声线却十分温和。

身后的队伍却已经风卷残云一般溃散，一群人瘫倒在地“哎哟哎哟”直叫唤。

项毅对老幺不禁肃然起敬。一种神奇而坚定的信仰涌上心头，项毅把这种信仰解读为“对成熟的向往”。

项毅一直不知道老幺的名字，只知道老幺在家里排行老小，故有了这个外号。

老幺年长他七岁，老幺喜欢用不大不小的力气拧着项毅的耳朵，逼着项毅喊他“哥”，项毅倔，挣得面红脖子粗，非要喊他“老幺”。老幺的身上有不少“克”得他死死的气息，比如阴戾，颓靡，舒展。他亦欣赏老幺在这个脏乱嘈杂的世界里轻车熟路地呼吸，存活，游走。

老幺第一次带项毅闯进宁市最大的一家舞厅，摇曳扭曲的眩目灯光刺得项毅头昏眼花，直犯恶心。老幺熟稔地打响指，叫来一杯调得五颜六色的劣质鸡尾酒，项毅抖着手，一气喝下去，被呛得拼命咳嗽，恨不能把肺叶拽出来才罢休。老幺在旋转的灯光和劲爆的音乐里捧着肚子拼命大笑，项毅湮没在自己无休无止的咳嗽声里，听不太清他的嘲笑，模模糊糊地勉强辨出两句。

那时老幺笑：“年轻人，你还太年轻。”

老幺拖着晕头转向的项毅趺趺撞撞地滑向舞池中央。

几年前，上海电影译制厂引进了一部风靡一时的美国电影《霹雳舞》，一夜间家喻户晓，多少少男为之疯狂。项毅愣愣地看着老幺，看着老幺蹬着青海路上买的高帮篮球鞋，穿着黑背心、绿色迷彩裤，在人群中如鱼得水。老幺的身上分明有一种项毅陌生的却又心生向往的东西。

老幺跳得累了，气喘吁吁地从舞池中央滑出，叉着腰，眯着眼看向瑟缩在角落小口小口吮着果汁的项毅：“喂，小家伙，这样就没意思了吧？进来啊，我带你跳。”

项毅拼命摇头：“我不会。”

老幺大笑：“不会就学啊，什么事都有个不会到会的过程啊。”老幺一面说着，一面用手指环成扣儿，用力弹了弹项毅的额头。“老子最讨厌看见别人缩手缩脚站在阴影里的德行了，因为我自己曾经就是那副样子。”

项毅不说话了，盯着自己杯子里的果汁发呆，黄澄澄的芒果汁经红色和蓝色的灯光轮流笼罩，发出奇异的橙色和绿色的光芒。

老幺从自己口袋里摸出一个漂亮的小铁盒，铁盒上浮凸着一串流畅的英文。老幺打开，从里面倒出一颗圆圆的糖，丢进项毅的果汁里。

项毅瞪大了眼睛："你在干什么？"

老幺笑着，也往自己嘴巴里丢了一颗："小子，不想被我看扁的话就把它喝掉。"说话间，不再理会项毅，又向舞池中央滑去。

那天晚上项毅终于跟上了老幺的步调，亦步亦趋。那是一种项毅从未体会过的崭新体验。他和舞池里的所有年轻人一起，放肆又快乐地挥霍着自己的青春。那天晚上他终于得以大笑出声了，这么久以来，酣畅淋漓。他几乎已经快忘记笑的动作，快忘记笑肌牵扯嘴角的感觉。但是这个晚上，他觉得自己似乎找回了一些失落已久的东西。

夏天结束的时候，老幺带项毅去了一趟青海路。

"喏，试试看。"老幺从架子上拿下那双和他脚上一模一样的篮球鞋，那双无数次出现在项毅梦里的篮球鞋。

项毅屏住呼吸，小心翼翼地将脚放进去。舒适妥帖包裹着他的脚，也包裹着他的心。现在他觉得自己和老幺之间的距离仿佛又缩短了一些。

老幺付完钱，搂着他的肩膀，带着他在熙熙攘攘、人声鼎沸的青海路上闲逛。项毅的脚上，此刻也终于蹬着一双和老幺一模一样的篮球鞋了。

项毅觉得熟悉的、遥远的幸福感似乎又回来了，上一次，上一次是什么时候呢？他忍不住去回忆，但是他的潜意识隔离了回忆，于是他索性放弃了回忆。享受当下，享受当下就好了。

老幺叫了一桌子的烤串儿，又叫了两瓶冰镇啤酒，两人坐定，吃了一会儿，老幺凝视着正对付着一串鱿鱼须的项毅："小子，我要去北京了。"

项毅刚往嘴里猛灌了一口啤酒就呛了出来，将没嚼干净的鱿鱼须喷了老幺一脸。一向暴躁的老幺没生气，拿过旁边的卷纸，拽了两格纸，胡乱抹掉脸上的鱿鱼须，然后淡淡地又重复了一遍："是真的。"

项毅直愣愣地盯着老幺，第一次，忍不住爆了粗口，“你 ×× 的什么毛病？”

老幺第一次温柔地摸摸他的脑袋：“什么毛病也没有，宁市不适合我。”老幺往嘴里咕嘟咕嘟灌了一大口啤酒，然后慢条斯理地看着他。“你该长大了，小孩。”

项毅不再吭声，只是一气往肚子里没命地灌着酒，在老幺惊讶的目光里，狠命灌完了一瓶啤酒，恶狠狠地示威似的冲老幺打了一串长长的酒嗝，眼泪唰地流了下来。

老幺还是没理会，打了个响指，叫来服务员把账结了，然后又扯了两格卫生纸，从口袋里掏出一支圆珠笔，歪歪扭扭地写了一串数字。

“有事呼我。”

老幺起身，长腿跨上摩托，戴上头盔。项毅死死把住老幺摩托车的后座，哭得满脸都是鼻涕：“老幺！我不！你带我去北京吧！我不怕吃苦！”

老幺默默地，狠狠地一脚踩下油门。

乔西君被送回家休息后，林殷前去找她的班主任孙胜男了解情况。奇怪的是，孙胜男却一反常态地支支吾吾起来，情况和乔西君说得差不多。但当林殷还想进一步了解细节时，却被孙胜男不耐烦地打断：“林老师，我觉得事情都已经过去了，程红那个学生也已经离开学校了，你就不要再追问了好不好？”

“可是乔西君这一届高三的时间也已经过去了三分之一了，您不可惜这么一个聪慧的姑娘在如此关键的节骨眼上变成了这样吗？据我初步观察，她已经出现了一些比较严重的幻听、幻视症状，今天她来找我做咨询时甚至一度出现了急性惊恐发作，这些都说明这个孩子还远远没有走出当时的阴影……”林殷还没有说完，又再次被孙胜男尖锐的声音打断:“林老师，首先我非常感谢您对我们班学生这么上心！但是呢，我觉得，哎哟，我稍微把话说直接一点儿，您不要介意。这么说吧，您在某些事情上真的不用太较真，有些事真的不是你想的那么回事儿。我不方便说太多，我只能告诉您，谁都清楚现在是什么时候，校领导也有给我这个重点班班主任施压，我是有任务在身的好吧！现在我的重心在我的整个班集体上，乔西君我也只能是尽量能救就救，能拉一把是一把，但是我绝对不可能为了她一个，就不管其他‘正常’的孩子了！”孙胜男把“正常”两个字咬得很重，震得林殷耳膜嗡嗡响。她以前就和孙胜男打过交道，知道孙胜男一向不太看得起她这类心理老师，觉得除了主科以外的课都没有啥意义。同年级其他班级都先后向学校心理咨询室预约过几次团体心理课，以便缓解同学们的备考压力，只有她，坚持自己的一套，认为这些都是浪费时间，不如多刷几套题来得实际。

林殷不愿再和她多说什么，也知道从孙胜男这里已经得不到什么有效信息了，于是转身离开，心里却总是觉得，事情并没有乔西君说得那么简单，她的种种反应都不像是一个受害者的表现，反而更像是什么呢？她苦苦思索良久，终于想起来，类似的表情也曾出现在小外甥的脸上。有一次她去姐姐家玩，姐姐哄着小外甥先做功课，做完就可以玩 iPad，接着两个人就去厨房做饭聊天了。吃饭前，姐姐让她先去铺餐桌布，她一走出来，小外甥显然没有预料到她会提前走出来，急忙慌手慌脚地把 iPad 往身后藏，就是露出了和乔西君类似的表情。不过，乔西君的五官更夸张地将它重组和诠释了出来。

DAY 5
魔鬼

陆颖合直到此刻依然不敢相信自己所遭逢的这一切。

她呆呆地望着白花花的墙壁，恨自己不能一头撞上，结束这夜夜噩梦。

会不会，这一撞，就可以彻底醒来?

可是周身钻心的疼痛无不在暗讽，这一切都是真的。

时间倒退回星期五下午。暮色四合。

陆颖合有事在学校里耽误了一会儿。她从学校的车库里推出自己的单车，想着赶快回家，一家人一起去看巷子里新上映的露天大电影。

骑到离家不远的那条胡同，天色已经几乎全黑，四周出奇的安静，是不同寻常的安静。没有平日里的狗叫声和婴孩的哭泣声，亦没有炒菜下锅的“哗啦”声，没有菜香，没有一家人看电视时的热闹声，没有女人的叫嚷，没有拖拉椅子的噪音。

什么都没有。

她蹬车的节奏慢了下来，脑袋里空空的。她想起来了，这个点大家都去看电影了。她听到了，听到了身后尽力与自己的锁踏同步的脚步声。

她的小腿肌肉因紧张而不受控制地痉挛起来，她想逃，她知道自己必须加速，但是她的四肢在那一瞬间突然无法动弹了。一块湿淋淋的布蒙住了自己的口鼻，她的眼前渐渐昏暗下去。

再醒来的时候，她已经被黄色的胶条捆在一把木椅子上，嘴里被塞了散发着浓烈潮臭气的毛巾，她几欲作呕，不领情的毛巾却连一个呕吐的机会都不给她。

她竭力睁大眼睛，适应视野里的一切，努力分辨自己所处的环境。

倾斜的天花板和窄小的天窗告诉她，这里应该是一间阁楼。此刻阁楼里空无一人，地上随意丢着几个被踩瘪的易拉罐和烟蒂，吃剩的泡面碗和爬满苍蝇的快餐盒无不显示着这里刚刚有人离开。

恐惧蔓延上她的心头。她开始狠命挣扎，想要把身上的胶条挣脱开。但是这些人实在太聪明，不用绳子，而是用了包装纸箱的黄色胶条，黏性和韧性都极强，几乎没有挣开的可能。危机感像狞笑的蛇，吐着冰凉的信子，缓缓缠绕上她的全身。

“砰”的一声，有人径自踹开了门，是一个一身痞气的男生，唇间叼着根烟。

“小贱人，醒了？”何立在她面前蹲下，用手指挑起她的下巴，“不错啊，没有叫，说明底气很足，胆子很大，哦不不不，嘴巴更大，你说是不是？”何立从她嘴里拽出毛巾，大笑着狠拍着她的脸颊，“老子的洗脚布都不够给你塞的，你说，是不是？”

她拼命掩饰着自己彻骨的恐惧和愤恨，尽量保持镇静：“你是谁？为什么把我带到这种地方？这里是哪儿？”

何立大笑起来：“天啊！死到临头了还这么多问题！你当我是十万个为什么呢！嗯？”

陆颖合牙齿打着颤，想要和他做最后的谈判：“快放了我吧，放了我，回家我什么也不会说的，你放心。”

“放了你？好啊，你倒是告诉我，你回家会怎么说？”何立眯起眼睛，挤出一个挑衅的笑容。

“我就说，我就说，就说，我去朋友家玩了……”陆颖合抑制着自己想哭的冲动，暗暗安慰自己，尽力不露出自己在害怕的破绽，“相信我，其他没用的我什么也不会说的。”

何立再次大笑：“相信你？相信你这个爱嚼舌根的大嘴婆娘？”何立一面说着，一面恶狠狠地甩了她一个耳光，“你已经毁了我，毁了我兄弟！你看到什么都要说吗？看到教导主任和你班主任在办公室偷情你说不说？看到校长猥亵女学生你说不说？”何立越说越脏，越说越气，几乎被陆颖合所不能理解的熊熊怒火包围，烧得他眼底血红，完全丧失了理智。他一脚蹬在陆颖合脸上，近乎失控地大吼：“你个小贱人！你知道内幕吗？你什么都不知道，竟敢到处张着嘴肆意喷粪？你活该去死！”

陆颖合看着眼前的魔鬼，她想喊，但是残存的理智告诉她，不可以。喊了，她根本无法想象自己的下场。她只是清晰地知道，眼前的男生已经不是常人，他随时有威胁到她生命的可能。

只是，自己究竟什么时候得罪了他呢？

电光石火的一刹那，她想起来了水泥地上抽搐的，身下淌出血来的男生，还有……还有什么呢？

还有天台上那一双恐惧、仇恨的眼睛！

是那双眼睛！

长久的沉默。小小的阁楼上几乎一片死寂。

何立再次把毛巾塞回陆颖合的嘴里，自己又点了一支烟，默默吸着。

门突然被踹开。

一男一女走了进来，女孩很奇怪，戴着几乎挡住一半脸颊的墨镜和口罩，棒球帽檐压得低低的，栗色的长发披在脑后。

陆颖合盯着女孩看了一会儿，觉得很是眼熟，却又辨不出什么，索性暂时作罢。

两人手上提着两个饭盒，吸烟的男生把烟叼在嘴里。打开饭盒，是截然不同的饭菜，一个里面是香喷喷热腾腾的红烧肉，另一个就惨不忍睹了，是一些几乎看不清食材的剩饭剩菜，油腻的汤汁泛着令人作呕的颜色。

棒球帽女孩把装着红烧肉的餐盒递给何立，又把装着剩菜的餐盒放到陆颖合脚边。后进来的男生用一种复杂的眼神盯着她，仇恨，又恐惧，似乎还有一点点的怜悯。他始终没有作声，低下头，默默把陆颖合脸上和上半身的胶带扯下来。陆颖合动了动长时间被固定在椅子上的酸麻的两只胳膊，眼泪不争气地掉了下来。她不敢叫，因为何立的警惕性实在太高，他右胳膊抱着饭盒吃饭，左手比着刀顶在她腰间。

正在大口大口扒饭的何立听到陆颖合哭泣的动静，抬眼一看，满心满肺的厌恶和恼怒几乎要和嘴里还未嚼烂的饭菜一起喷出。他嘶吼一声，又狠狠地盖了她一巴掌："你 ×× 的矫情什么？你害人不够，还要在这里卖可怜卖同情？"

棒球帽女孩也凑上来，拼命甩了她几个耳光，打得陆颖合淌下鼻血来："你这个小贱人，害得我们有家不能回！"话音未落，何立一个眼刀甩过去，吓得女孩赶快闭嘴，自知失言。

但是已经足够了。加上之前的一些蛛丝马迹，已经被聪明的陆颖合拼凑出几个足够关键的讯息了。

第一，那天坠楼的男生，不是自杀，是他杀。

第二，这些人应该就是那天导致那个男生坠楼的直接凶手。在自己不小心目击，报告给校方后走投无路，才把自己绑到了这里。他们下一步会做什么，她不敢去想，但是她已经深深感受到了死亡的威胁。

第三，这个地方应该离学校，离家都很远，如果想要逃出去，必须先得摸清这是什么地方。

陆颖合所在高中的学生分为两类：一类是她这种走中考正常程序考进来的，还有一种是按片区就近划分的，而后者一般占大多数，所以大多数同校同学基本都住在几个相邻的小区里。这些人生怕东窗事发，应该会选一个离这几个小区都较远的地方。现在，只剩下最关键的问题，如何从他们口中套出自己所在的位置？如何和家里人取得联系？

罗念醒来的时候，已经在自己房间躺得好好的了。被子边缘被乖乖掖在下巴下面，窗帘也被贴心地拉上了。脑袋钻心地疼，但是她几乎什么也想不起来。

模模糊糊地，她想起了自己和项毅的争执。她扭头，蓦地瞥见床头灯上贴的一张便签，写着“去看日记”。

她下床，走到桌子前，打开挎包，拿出日记本，拨转密码，翻开来，细细阅读。

日记潦草地记述了当天争执的经过，角落里一行小字再次引起了她的注意——“翻到1996年到1998年的日记。”

日记到1998年4月1日以后就断了，直到2010年才重新续起来。

她粗略看过了1996年到1998年的全部日记，脑子里渐渐浮现一个模糊的身影——杜朗清，一个大她两岁的学姐。不过杜朗清究竟是谁？她是真的死活想不起来了。

她有严重的记忆障碍，至今二十年。她的生活全靠便利贴和指示标签指引度日，她恐惧，深深的恐惧，生怕自己有一天连父母也会忘记。不过转念一想，即便忘记了父母，好像也没什么关系，对，没什么关系。

她起身倒水，就着随身携带的小药盒里的白色药片稀里糊涂咽下去。

九年前，她的病终于得到确诊，是自己多年的抑郁症导致了海马体和前额叶萎缩，进而加剧了记忆力的衰退。

她想起来自己进入红顶密室的时候戴了手表，于是抬起手腕。哦，原来已经六点了。是早上六点还是晚上六点呢？她不能确定，不过药性已经上来了，于是干脆闭上眼睛，又堕入沉沉的睡眠。

大学毕业后，罗念应聘上了宁市一所私立小学的语文老师。

小学生虽然带起来费心，爱调皮捣蛋，但是孩子们总是性子纯真，和她混熟了，很是粘她，一下课就像小雀仔一样围过来，叽叽喳喳、热热闹闹一大片。罗念用各色花样的卡通贴纸牢牢捆绑着这些小娃娃的心，他们也用灿烂热烈的笑脸和黏糊、滚烫、毫不吝惜力气的小小拥抱一点点治愈着罗念心里的伤。

生活似乎正在渐渐步入正轨，就这样一年又一年平静地过去了。

罗念的班里有个特别的小男生，叫于童。留着很乖的小平头，不爱说话，极其内向，下了课也很少出去和其他孩子一起玩耍，总是一个人瑟缩在教室的角落里，一声不吭。于童的大多数时间用来发呆，盯着教室窗外的一棵树或者天边的几片云，就足够他打发掉整个上午。他的功课做得也糟糕，字迹潦草，乱写一气，罗念有时点名批评，也不见他流露出一丝一毫难过的神情，只是眸子偶尔会亮晶晶一下，然后快速熄灭，像黑暗中迅疾点亮又迅疾暗去的火光。罗念知道，他还是在意的。

班里的小孩都喊他“木头人”。冬天下雪的时候，几个最让她头疼的小男生总是会把雪带进教室，有时包成冰坨子，悄悄塞进于童的后衣领。夏天没有雪了，他们就变着花样，找来榕树下的毛毛虫放进于童的铅笔盒，于童想拿笔的时候，一打开，正好收获那张牙舞爪扭动的身躯，耳边顺便被附赠呼啸而过的嘲笑。又让罗念不解的是，于童从来不哭。他只是平静地用随身带的方帕擦去后衣领的雪水，或者把毛毛虫包起来，送到楼下的草丛里。而在那些同龄男孩子眼里，于童的种种行为实在远超他们的心理预期和理解范围：他们不明白，为什么于童永远不发火？为什么他永远不害怕，不生气，不投降？于是他们变本加厉，愈发想要攻破这堵永远不声不响的墙。

好不容易等到了下课，于童急急忙忙跑去上厕所，班里几个男孩却在厕所门口堵住了他的去路。

于童第一次露出了焦急的神情："你们干什么？让一下！"

几个男孩大笑起来。打头的是班里的混世小魔王，叫王杰，插着裤兜，眉开眼笑："你觉得我们会让吗？"说着，一拨人大笑起来："我们就是要看着你尿裤子！哈哈哈哈哈哈！"

于童的脸越来越红，努力想要拨开人群，却一次次失败。五六年级的孩子，正是长身体的年纪，尤其是王杰，营养好，又高又壮，敦敦实实的，往厕所门口一杵，好像一堵小山。几个人快活极了，笑得前仰后合，脸慢慢笑得和于童一样红。

突然，于童不说话了，脸色一变，跟着裤脚下流出一滩水来，很快把鞋子打湿了。几个男孩先是愣了一下，跟着似乎明白了什么，面面相觑了一下，终于又爆发出一阵惊天动地的大笑："天啊！于童尿裤子了！于童尿裤子了！哈哈哈哈哈哈哈！大新闻！大新闻！都这么大人了，还会尿裤子，哈哈哈哈哈！"

王杰笑得快要背过气去，第一个掏出他新买的苹果手机，对着于童一阵“咔嚓咔嚓”地狂怕。于童这边，也终于反应过来事情是怎么回事，大吼一声，向王杰扑过去，王杰脚下一滑，毫无防备地被于童扑倒在地，手上的手机瞬间飞出，被撞在地上。王杰瞪圆双眼，抬起头，不可置信地看着平日里闷声不响的“木头人”，此刻像一只愤怒的小豹子，一步步向他逼近。当他抓起手机，用力摁了几下，发现屏碎了，也开不了机，立刻一个箭步蹿起来，翻身将瘦小的于童扑倒在地，一拳头直捣在于童的脸上。“赔老子手机！”一面说，一面向周围几个男孩大吼，“快点儿，给我拍他！等会儿传到微博、朋友圈去！”

几个围观的男孩一开始被于童突然的反抗震惊得说不出话来，这下终于反应过来，分成两路，一路掏出口袋里的手机开始拍地上的于童，一路控制住于童的四肢，不让他逃跑也不让他抬手遮住脸，甚至还要故意把他尿湿了的裤子污渍朝向镜头和闪光灯。于童渐渐暴怒，扭动着身体想要挣扎，却被王杰和几个更壮的男孩扑过来死死钳制住。王杰一只胳膊杠住于童的脖子，一只胳膊空出来，向另外几个弟兄招呼道：“快点儿，快点儿！把厕所里的垃圾桶端过来！挑一个满的！”于童瞪大了双眼，仿佛意识到了什么，扭动挣扎得更加剧烈，但是来不及了，一个男孩捏住鼻子，拎着一大桶纸巾冲过来，王杰大呼：“快！快！往他头上套！”于童瞬间被埋在混着粪迹的纸巾堆里，几欲作呕，所有人拍手称快，大笑起来，闪光灯不停闪烁着，于童头昏眼花，快要喘不上气了，突然有人大喊一声：“不好！罗老师来了！快跑！”说时迟那时快，几个毛头小子一溜烟便跑没影了，罗念进来的时候，只看见一向爱干净的小男孩，此刻浑身散发着一股股恶臭，裤子沾着尿渍，头上脸上挂着一些带着秽物的纸巾。见了罗念，第一反应是一面用手挡住羞处，一面拼命摘着黏在身上的垃圾。罗念眼眶一下子湿了，不顾于童身上的脏臭，在他惊诧的泪光中，蹲下来和他一起摘起来。

后来她再也忘不了，这个孩子在她耳边轻轻地哽咽了一句：“老师，为什么是我？”

王杰带头的几个男生跑掉以后，迅速把于童的狼狈视频和照片传上网络，QQ 班级群，微信班级群，朋友圈，微博，没有一个落下。那天，罗念在办公室第一次情绪失控，歇斯底里，怒吼的声音几乎要把办公室的屋顶掀掉，她控制不住自己的眼泪，大喊：“你们为什么要这样做！为什么啊！”她对教育，在那一天，那一刻，陷入无止境的绝望，她不明白这些孩子，平日里看着阳光活泼，明媚开朗，为什么？为什么会无耻至极？做出这类不堪的事情？

罗念尽最大努力想要控制局面恶化，但还是未能阻止于童的事情迅速发酵。

宁市一些大报和电视台的记者开始陆陆续续打电话过来，微信和 QQ 家长群里一片哗然，于童的妈妈和王杰的父母在办公室里扭打成一片，互扇耳光，学校的几个保安冲过来才勉强把几个人摁住。于童妈妈披头散发，脸上甚至带着几道乱中被挠的指甲痕，毫不顾忌形象，只是一味愤怒地哭喊：“我们把儿子拉扯这么大，给他吃最好的，穿最好的，用最好的，什么苦都舍不得他吃，现在他发生了这种事，你们所有人，都难辞其咎！我不会放过和这件事有关的任何一个人！”

几番拉锯，校领导们和罗念好说歹说，几个家长才终于同意坐了下来。于童妈妈提出要一个公开道歉，并且要求王杰和其他几个男生的父母赔偿一定数额的精神损失费。话音未落，王杰的妈妈已经一个鲤鱼打挺跳了起来：“噢哟，你想得倒美！我儿子的手机还被你儿子搞坏了哩！你家得赔我儿子一个最新款的苹果手机！”于童妈妈不再多言，起身欲离开：“我不和你们这帮刁民一般见识，我们法庭见！媒体见！”这回轮到几个校领导急眼了，纷纷跑上前，死死拉住于童妈妈的袖子，拦住她的去路，好言相劝，拼命许诺会给出一个完美的答复和处理方案。

几个人拉拉扯扯间，罗念的病好像又要发作了，她浑身剧烈地发抖，哆嗦着手开始到包里翻找应急药物。眼前的一切，为什么总有一种莫名其妙的熟悉感？这究竟是怎么回事？

记忆里的火车呼啸而过，几乎将她碾压在地。

夜很深了，房间里没有窗户，陈逸添洗完澡躺下来，眼前却模模糊糊地出现了那个城中村的出租屋里烧炭自杀的女孩。他至今不愿称呼她为“那具尸体”。

女孩的母亲是残疾人，留在了乡下务农，女孩和妹妹、父亲一起在城里生活，于是顺理成章地同时兼任了“母亲”和“妻子”的角色。一居室里挤着父亲，妹妹和她，没有分区，厕所、厨房挤在一起，餐厅、客厅兼做卧室，晚上休息时，父亲一个人睡，她和妹妹睡，他们的空间仅用布帘子隔开。勘探现场时，陈逸添还是从这个小家的种种细节里感受到，她生前一定是个热爱生活的姑娘吧，墙上贴满了奖状和荣誉证书，窗口摆着一盆小小的君子兰，家里到处布置得井井有条，连板凳脚都套上了毛线织的小套子，显然，在没有母亲的日子里，女孩把父亲和妹妹的生活照顾得很好。

但她现在却趴在厕所的瓷砖地上，脑袋轻轻倚靠着那盆小小的火炭，像窗口摆着的那盆小小的君子兰，叶子轻轻倚靠着窗外的微风。陈逸添蹲下来，注意到，女孩的头发很脏，一绺一绺地冒着油，被一根破旧的橡皮筋潦草地绑在一起。她的家这么干净，如此破的屋子，地板一点儿灰尘都没有，墙上的破洞和掉皮的地方被她用废杂志巧手修剪的彩色花朵遮盖，连父亲和妹妹的被褥都收拾得香软蓬松。但女孩的头发却这么脏，角落里的书包也是，边缘全都开线磨毛了，陈逸添甚至注意到了门口那双女式鞋子，连鞋带都沾满尘土。这只能说明，女孩的注意力从来没有放在自己身上，除了学习，就是父亲和妹妹，就是自己的这个小家。陈逸添的鼻子酸了起来。

诡谲的声音分明在无法克制地颤抖。

“苦海无涯，回头是岸。这么简单的道理，这些少年为什么不懂呢？如果在这时候，他们能及时住手，把陆颖合送回家，一切还来得及！那样，后面的事情便永远不会发生！刻骨铭心的耻辱和伤害便永远不会发生！可谁知道，人的恶是永无止境的呢？”众人心中一紧，听出诡谲的声音哭了。

“1974 年，南斯拉夫行为艺术之母玛丽娜·阿布拉莫维奇在意大利那不勒斯进行了自己最著名的一次行为艺术表演《韵律 0》。她先将自己麻醉，然后站在桌子前面向着观众，桌子上有 72 种器具（包括枪、子弹、菜刀、鞭子等危险物品）。观众可以使用任何一件物品，对她的身体进行任意摆布或者攻击，她将不做任何反击。且由于作品有不可预测的危险性，玛丽娜承诺自己将独立承担行为艺术表演过程中的全部后果。一开始人们只是试探性地把香烟放进她的嘴里，让她抽烟，用口红在她的脸上涂鸦，将饮料倒在她的身上，见她果真毫无反应，慢慢地，开始有人大胆起来，用剪刀剪碎了她的衣服，迫使她当众袒胸露乳，潜藏在人性深处、被道德约束已久的恶一触即发。有人用玫瑰花的刺扎她的肚子，在她的身上乱涂乱画，还有的人划破了她的皮肤。有人拿起桌上的相机，给她的裸体拍照，并把洗出来的照片塞进她的手里。直到最后，将一把上了膛的手枪塞进了她的嘴里。

这场行为艺术表演的结论异常惊人——所有人都在施暴，几乎没有人给予阻止或者拥抱。更多的人选择边袖手旁观，心安理得地做着沉默的看客。荀子的性恶论也许自有它站得住脚的地方，‘恶’，一旦有了土壤就会快速滋生蔓延！”

众人陷入了更死寂的沉默。有人分明陷入了恐慌和焦虑之中，手指头死死抠着沙发把手，指关节因过于用力而出现惨白的颜色。

“我想知道，对于真相，沉默和逃避哪个更残忍？”未等众人回答，它已大声自我解答，“沉默，不过是变相的逃避！一样残忍！你们可知道，欺凌过程，蕴藏着一个复杂的互动状态，牵涉的学生可分为欺凌者，协助者，旁观者，受害者。这四类人，都是校园欺凌行为的行为人，属于多数人的欺凌行为，构成共同侵权行为[①]。而在校园霸凌事件里，占比最多的就是旁观者。他们手上的鲜血，未必比欺凌者少。通常旁观者的不作为并不构成侵权行为，但是当受害者面临的欺凌行为涉及生命危险或重大身体伤害时，如若旁观者能够进行‘不费力救助’却未进行救助，导致受害者最终死亡或遭受严重身体伤害的，可认定为不作为侵权。[②]这些，普通人又知道多少呢？如果那些少年早一些知道这些，结局会不会完全不同？”

诡谲的声音再度哽咽了：“恐怖的是，后面越来越失去控制的故事里，欺凌者，协助者，旁观者，受害者，一个不少，却唯独少了保护者。”

---

① 杨立新，陶盈．校园欺凌行为的侵权责任研究 [J]. 福建论坛（人文社会科学版），2013(08):177-182.

② 陈轩禹．校园欺凌中不同角色及多主体分别欺凌的侵权问题 [J]. 少年儿童研究，2020(06):32-40.

DAY 6
小蛇

摘自林殷的自我体验报告——

人的一生，似乎总是爬坡的时候多，下坡的时候少，并且常常只能看见上坡的路。翻过这座山，前面常常还有更多更高的山，我是从来不信翻过这座山就会出现一马平川的坦途这等好事的，但我们就因此止步不前了吗？当然不可以。

又一次睡到了太阳西斜。林殷对着镜子，端详自己连日来因疲惫而垂驰浮肿的面颊，低下头，洗了一把脸。

晚饭依然是老几样，她拿了一桶泡面，接上开水，用叉子有一下没一下地戳得出神。

“姑娘，要不要聊聊天？看你情绪很是低迷呀。”身后悠悠响起一声恬淡的问候，声音不大，却很有分量。

她不用回头也知道是梅爱群。对于这位似乎已经走遍人间沧桑道，看尽荣辱的老先生，她始终是淡淡敬畏的。

“是呀，这几天一直提心吊胆，不知道接下来等待自己的到底是什么，没日没夜都在焦虑和恐惧中，再加上与家人彻底断联这么多天，估计他们都要急疯了。”

“孩子，你的心情我完全能够理解。这个房子里的每个人谁不是这样呢？但目前我们能做的，也许只有耐心等待。依我看，事情也许还没到最糟糕的境地。这个人已经囚禁了我们这么多天，家里人和警方也一定在努力寻找我们，现在科技这么发达，而且一下子同时失联了这么多人，线索肯定一环扣着一环，警方侦破的难度将大大降低。等着吧，这样的日子不会持续太久啦。而且你看，这个人也没有怎么为难我们，食物、饮水都充足，给我们好吃好喝地供着，不过是听他讲讲故事，便也罢了，再等等看吧。”梅爱群顿了顿，笑着，“要不，我给你讲讲我以前的故事吧，就当是打发打发时间。”

一九五五年一月十一日。农历腊月二十三。

梅爱群出生在小年夜，又恰逢父亲升迁之日。三喜临门，父亲高兴地连喝了两瓶酒。

“一把钥匙能开一把锁，很多把钥匙也能开一把锁，但是一把钥匙不能同时开很多把锁。人最重要的是找到最适合自己的位置，最适合自己做的事，切忌好高骛远。”

梅爱群从不曾忘记父亲的嘱咐。父亲就是搞政治的人，梅爱群一直这样坚信。

那个黄昏的夕阳渗出些诡异的酡色，染红了宁市的半边天空。他兴高采烈地高高举着“一根油条、两个鸡蛋”的卷子一路向家跑去。

沿街已经飘起晚炊的菜香，是好闻的胡麻油的味道。

父亲就是这个时候出现的。一向顶天立地的父亲，此刻低垂着脑袋倚站在卡车上，从来都梳理得整洁的头发此刻蓬乱不堪，脖子上挂着块沉重的大木牌，上书“梅起平走资派”六个血色大字。

试卷掉在路上，很快被晚秋的风吹远，不见了踪影。父亲的仕途从此走上下坡路。

父亲很快被推着远去，和他擦肩而过时，努力挤出了一个“别怕”的笑容。

十年“文化大革命”结束。一九七八年小年，父亲回家了。那天恰好也是梅爱群的生日。

一大早就被小年的动静闹醒。“二十三，糖瓜粘！”伴随着“噼里啪啦”的鞭炮声，巷弄里的孩子们纷纷跑出来，拍着手，嬉笑着看沿街表演的舞狮和祭拜灶神的舞蹈，“灶神回家，过小年喽！”

大姐和二姐手脚麻利地拌粉丝，把黄瓜和芹菜切成滚刀块，油锅里开始“刺啦啦”地一阵阵响声。他还是一如往日，平静地倒掉母亲的便盆，给母亲围上围嘴，依然像往常一样细细给母亲擦脸，刷牙，换上干燥、舒适的新洗的衣裤。

母亲自父亲出事以后，日日以泪洗面，有一天突然中风倒地，不省人事。醒来时便成了躺在床上不能动的“睡人”，脑子也不太好使了。梅爱群悲痛之余，竟生出一丝庆幸。他庆幸母亲不再聪明，不再清醒，他深谙母亲的心高气傲，她若还清醒，一定不能接受自己如今的样子。很久以前的母亲，梳着精致的发髻，碎发用玫瑰味道的发油抹得服服帖帖，衣襟总是扣得整整齐齐。再坑洼不平爱攒灰的水泥地板，一经母亲手，立刻一尘不染，他踢过球打过泥仗的衣裳，母亲总有办法洗得香喷喷的、干干净净的。如果说父亲是政坛上的一把好手，在他心里，母亲便是厅堂里的一把好手，她和那个年代所有普通却不平凡的女性一样，用自己并不算太强壮的脊梁，默默撑起了半个家。

如今的母亲蜷在床上，瘦小得看不出身形。她有越来越多的时日皱着眉，撇着嘴，有些委屈的嘟囔："啊……啊……啊……起平……不……不要……我了……"梅爱群一次又一次耐心地摆正母亲湿淋淋的、黏腻的手指，一次又一次慢慢摩挲着母亲的额头："乖，乖，起平要你，起平要你……"

父亲进了门，身上有熟悉的药皂气息。近在咫尺，须发花白："慧兰，爱群，我回家了。"

他给母亲擦洗的动作凝滞了，喉咙梗塞，口不能言，浑身肌肉因过于紧张而绷得生疼。

"回来了就好。爸，换衣服，洗洗手，准备吃饭吧。"他故作平静。父亲点点头。对这个家庭来说，一切平静得就像父亲往常下班一样。

窗外一片欢声笑语，喜庆的鞭炮声掩盖了他最终没能抑制的哽咽。

父亲回来很多年后，母亲的身体好了很多，只是依然没有觉察丈夫已经回家了。她越来越老，也越来越小。她每天面对着梦里想着念着的心上人，恍恍惚惚地念念叨叨："起平，起平……"父亲不说话，只是默默紧攥着母亲枯瘦的手，慢慢揉搓着。

父亲年轻时本就话少，那是多年官场沉浮历练出的谨慎。如今话更少了。多年的牢狱生活几乎剥夺了他的语言能力。那些中毒至深的人，眼是红的，心是黑的。他们派专人守着父亲的牢房，每每父亲刚要入睡的时候，便拼命喊叫、鼓掌，不让父亲安眠。白天便拉着父亲和一竿子人批斗，台下黑压压的群众，一个个向父亲扔早已准备好的臭鸡蛋、烂西红柿、烂菜叶，大声唾骂，面目可憎又可悯。人心不古，昔日民族气节焉存？可悲之极，又哪里还有特意针对谴责的必要？

梅爱群亦很少说话。他把更多的精力放在攀爬上。他希望自己能比父亲走得更远更好。他想为父亲挣回那份本该属于父亲的荣光。

入夜了，密室的客厅里一个人都没有，秦征下楼拿了点儿食物，再次回到房间开始处理电脑里的稿件。关于这次的密室事件，不知为何，记者的职业病竟让他有点儿期待这趟奇妙又诡异的旅程。他很好奇后面会发生些什么，也很喜欢在“诡谲的声音”讲故事的时候静静观察周遭人的反应。他很想知道这个房子背后主人的真实身份，不过也多次提醒自己不要心急，时间久了，对方总会露出马脚。几个人大部分时间都待在自己的房间里，只有三餐时间会下楼去餐厅，“诡谲的声音”也聪明，一般会特意选在人们全部到齐后再继续开讲他的故事。秦征敏锐地觉察到，不少人的心态已经趋于崩溃，即使大家彼此的交流甚少，但深陷的眼窝，厚重的眼袋，潦草的胡茬却藏不住身心俱疲。只有秦征，也许是因为有一套自己独立的呼吸法，置身于惊惶的氛围中竟能做到丝毫不受影响，反而出奇地冷静。冷静像一剂提高大脑运作效率的针剂，有助于他无时无刻不在脑内盘算自己出去后的系列报道，盘算他的纪实报告文学创作。红顶密室，八个不相干的人竟能被这主人的通天手段困在一个屋子里，这是一个多好的选题啊！他嗅到了钱的味道，名的味道，权的味道。真相大白之时，必是他又一次飞黄腾达之日！这个游戏一定会越来越有趣的。想着想着，他的嘴快乐地咧开了，油光闪闪的红鼻头被脸颊两侧的肌肉拉开，更扁更大，构成了一个小丑一般的恐怖笑容。

一阵敲门声急促而至，打断了他的黄粱美梦，他顿生不快，大喊一声：“这么晚了，谁啊？”

“罗念。”

“于童的事，就是你干的，是不是？”罗念反手把门关上，开门见山，单刀直入。

“你在说什么啊小姑娘？不要这么冲动啊，这房子的主人可是会监听的哦。”秦征咧嘴一笑，慢慢向罗念走近，皱巴巴的眼角露出了危险的光。

罗念却毫无惧色：“正是因为房子的主人会监听监视，所以我奉劝你最好别对我轻举妄动，用嘴好好说话，管好你的下半身。”

秦征一愣，顿觉扫兴，背过身去喝了一口放在桌子上的水，又轻咳几声欲缓解尴尬，罗念已经拐到了他的面前：“别跟我搞这些把戏了，我对你说话这么不客气是为什么，你也很清楚吧？那些父母安的什么心你不清楚吗？你为什么还要在后面搞鬼呢？位高权重为什么不自重呢？”罗念还想往下说，已被秦征不耐烦地打断：“行了行了，没完了你还？一个小丫头片子，有什么资格来教训我啊！我怎么做关你屁事啊！你谁啊！”

“我是于童的老师。这个孩子是个好孩子，我不希望你毁掉他。”

“别天真了好吗？叽叽歪歪还没完了你？自己都泥菩萨过河自身难保了，还在这里搞这些没用的？你可真有意思啊，现在这光景了，还有闲心管你那学生？”秦征自己没所谓，但他知道眼前这个年轻女人是怕死的。于是他偏要故意提醒她眼前的不利处境。罗念果然被刺激到了，眼底有一晃神的畏惧，不过转瞬即逝。

“你说完没，说完了赶快滚！”秦征揪住了罗念的袖子就要往外扯，却被罗念一把甩开：“你背着你老婆干那些偷腥的勾当，为了情人哥哥家的小孩，不惜自毁前程吗？你不怕我捅出去吗？”

“你……你是怎么知道的？”秦征面如死灰，肥胖的手一下子松开了。

“你不用管我是怎么知道的，我只告诉你，人在做，天在看。你能爬到这个位置不容易，别自作聪明。你的证据都在我手里，不信的话我现在就调出来给你看。我和你交换这些秘密的唯一条件，就是保护好于童这个孩子。出去以后，你必须发辟谣帖，让记者跟进发辟谣视频，你雇水军也好，买热搜也好，买营销号也罢，都得把真相公之于众。你能做到，我就能做到，否则，你能做到，我也能做到。”

三十三岁时，梅爱群已经是所在部门最年轻的小头儿了。但是他不满足，他瞄准了他领导的位置。

领导快要退休了。膝下只有一女余芳敏，生活富贵安逸，闲不住，追求刺激和新鲜感。眼比天高，自身却没有太多眼比天高的资本，不学无术，长得寒碜不说，还有点儿水性杨花。领导唯有这一颗掌上明珠，自然恨不得宠到天上，也就睁一只眼闭一只眼不太管教，只想着趁自己手上还有筹码的时候为她谋一个好人家。可见真真应了那句老话，“子不教，父之过”。

领导瞅准了他。

他三十三岁。五官周正，一表人才，挺拔俊秀如一株风中白杨。余芳敏常来爸爸单位串串，来的次数多了自然注意到了他。大抵是又在爸爸耳边扇了扇风，再加上领导本就对这个得力属下青睐有加，一来二去，父女俩便单方面敲定了这个未来的女婿。

领导开始频繁请他到办公室“喝茶”。一开始他也没当回事，只是和同事笑言自己最近的工作估计出了什么岔子，三番五次以后，领导的话题便开始往那方面靠了。

“小梅呀，最近一切可还顺利？”领导不紧不慢。

“都挺好的，各方面工作都在按部就班地进行，以后还得仰仗您多多培养、鼓励。”梅爱群一头雾水。

“你也老大不小了，可看上谁家的姑娘了吗？”聪明如梅爱群，哪能不懂领导的意思，一瞬间恍然大悟，心头大亮。他的眼前浮现出郑书娟那个小丫头的嫣然笑意。但是转念一想，不对，不行，早有耳闻领导有个待字闺中的大龄女儿，是个泼辣角色，今天他这样问，必定是为女儿谋婆家的，如果这样实招，岂不是自断前程？

于是他只好低头，迅速恢复平静：“忙于工作，哪里顾得上在这方面费心。”他不敢直接说“没有”，虽然郑书娟不在现场，但是他就是没来由的心虚。

“那就好！好好好！你这样的后起之秀，就是值得大力培养！很好！应该大力提倡同志们向你学习！”一向严肃的领导眉开眼笑，“喏！这个给你！”领导把一张电影票拍在他面前，“礼拜六晚上八点，可不能不给我面子！”

他来迟了。

和郑书娟粘腻歪了一会儿，难舍难分，猛地想起这档子电影的事，赶快匆匆吻别往电影院赶去。

大小姐早就坐在邻座上等候多时，撅着张不满的小嘴，一见他大汗淋漓地跑进来，忙不迭地起身，又是拉他进座，又是用洒了进口香水的手帕子给他抹汗。他哪里见过这阵仗，吓得恨不能脚底抹油赶快跑了了事，又怕惹恼了她，只好硬生生站着像根直挺挺的柱子，让她又摸又抚地折腾完，方才坐下，舒了一口气。

电影才进行到三分之一，余芳敏已经迫不及待地贴上来，如狼似虎一般，依偎着他，瞪着本就不大的眼睛，故作娇羞地望着他，期待他有所表示。梅爱群闭了闭眼，索性豁出去了。他忍住恶心感，伸出手去，轻轻抚摸了一下那浓妆艳抹的大脸盘子，像摸了一条案板上刚脱鳞的鱼，一下子就沾了一手的腥。

电影放映结束后，大小姐对他很满意，据说领导对他更满意。一夜之间，他拥有了更多出外交流学习的机会，领导更是不断暗示，只要照这个势头和他的掌上明珠发展下去，他将“大有可为”。几个关系远的同事在背后少不了窃窃私语，唾沫星子快要溅到他背上来，关系好的同事则羡慕得眼红耳热，却也没琢磨明白为什么，只是嚷嚷着让他请客。

父亲知道了他的事，话更少了。他亦不多言。

他不知道怎么面对父亲。在政治方面，他远没有父亲敏锐的嗅觉和长远的目光，他只有兢兢业业。可是兢兢业业能帮助他爬得多远，爬得多快？他心里可一点儿底都没有。既然有捷径可走，为什么不能走快马小道？父亲话不多，他也是。于是父子两的隔阂在日日不语中日日增生。

梅爱群和郑书娟相识在一次党代会上。

那时郑书娟漂亮得如一枝田野里含苞待放的小雏菊，梳着齐耳短发。也是怪事了，那个年代，顶着这个发型的女人大都土得不行，偏偏她郑书娟水灵得很，这短发像是从母胎里带出来的一般合适。清亮亮的瞳仁灿若晨星，干净、天然，略带一点点的野性活泼，却不过分，只一眼便让他再难自拔。

郑书娟出身一般，父母都是普通工人。这意味着，在仕途方面，她只能给予他精神上的支持。《洛丽塔》里说：“人有三样东西是无法隐瞒的，咳嗽，贫困和爱。你越想隐瞒越欲盖弥彰。”对于郑书娟，梅爱群无法欺骗自己的心。他爱她吃大白兔奶糖时一脸的满足可爱，更爱她雏鸟般停在他肩头酣睡时流着口水的娇憨；他爱她挽着他的手对着公园里盛开的鲜花大呼小叫时的童真兴奋，更爱她对着电影和小说里的煽情情节掉眼泪时的多愁善感；他爱她为父母和公婆挑选保健礼品时的严肃细心，更爱她在灯下读书写字时的温柔恬淡。他爱她的一切，所以愿意付出任何代价为她打造一个避风港湾，不用太大，够两人遮风挡雨就行。

“一、二、三、四、五，上、山、骑、老、虎。”他头抵在门口，一字一顿地念。

一尾雪白的“鲭鱼”横卧在酒红色的被褥之间，影影绰绰。他拿起床头柜上早已备好的一杯白酒，一股脑倒进肚中，酒精的力量令他胆壮了不少，他翻身上床，开始慢慢褪去一件件的衣服。

酒精催发的灼热劲过后，更奇怪的不适感自小腹传来，他颤抖着手，大汗淋漓，扒衣服的速度越来越快。他竭力控制呼吸，克制自己的生理冲动，但是渐渐失败。他的四肢开始和大脑的管控脱轨，也反应过来是余芳敏下了药，他恨她，更恨自己无能的选择，但是显然他已经来不及离开这张床了。无法言明的力量驱使他半睁着迷离、疯狂的眼，对着身下的躯体又啃又摸，恍惚中那张硕大如盆的、涂脂抹粉的脸上幻化出了那小丫头的五官，泪眼蒙眬地看着他，香汗淋漓，娇喘连连。他于是更加卖力地耕耘，脑海里渐渐一片空白，药劲夺走了他思考的能力，只有内心愈加清晰的痛苦欺骗不了他。他在高潮中觉得自己背叛了郑书娟，更背叛了父亲。

天旋地转中，妇人浊臭的口气喷上来：“快点儿，快点儿！怎么停了？”他开始无力，肌肉酸痛感自四面八方传来，胃里开始闹革命，翻江倒海，鸡飞狗跳，他猛地推开妇人，“哗”的一声吐了一地秽物。

他向后仰倒，依然感到剧烈的头晕目眩。眼前开始转着各路神仙，王母娘娘，玉皇大帝，土地爷，二郎神，观音菩萨，托塔李天王轮番来报到，他们对着他勾着手，嬉笑着喊他过去，他拼命摆手，他当然知道过去意味着什么。他对着各路神仙下跪，“砰砰砰”地磕着响头：“各路大神行行好，行行好！放我回家吧，放我回家吧，我还太年轻，我还有太多事情没有来得及做，放我回家吧……”

“喂……你不要吓我……你没事吧……”遥远的询问从天边传来，模模糊糊，他的意识终于渐渐回转过来，眼前已经是雪白的天花板，雪白的桌椅，还有浓烈的来苏水气味。他偏一偏头，视野里出现余芳敏的大饼脸，写着三分劫后余生的小心，外加七分怕事情闹大的嫌恶。

“没事……我这是在哪儿……”他张了张干涩的嘴，喉管里发出的声音不像是他的。

“医院啊！你可吓死我了！”余芳敏见他清醒了，明显长舒了一口气，又恢复了大小姐的本色，“得了得了，你有药物过敏史为什么不早说啊？你知不知道你今天差点儿送了命？我可真倒霉，要知道得摊上你这么个麻烦，我才不会和爸爸要你呢！”

他闭上眼，嘴角挤出无奈的笑。此刻他只希望她赶快闭嘴，滚出去让他清净一会儿，困意沉重袭来，他强撑着，保持着基本的礼数：“好了，不早了，你早点儿回家休息吧，我这是老毛病了，躺一躺就没事了。”

余芳敏哪里肯依，瞪着一双涂抹得五颜六色的绿豆眼，努力压着嗓子故作镇定：“喂，先说好啊，回去我就让爸爸把那个位置给你，但是你可不能把咱俩这事告诉我爸，或者捅出去！他会打死我的！我也饶不了你！”余芳敏明显紧张起来，头向他靠近：“从此咱们大路朝天，各走一边，再不往来！但是你要记住，这个位置给你以后，你从此少说话，多做事，万万不能把我供出来！你可要记着，我既然能帮你得到这个位置，当然也能随时把你踢下来！”

余芳敏踩着高跟鞋“噔噔噔”离开了。梅爱群闭上眼，再不想其他，一晃神就睡了过去。

再醒来的时候，天色已经擦黑。他捂着饥肠辘辘的肚子，挪着酸软的步子，用最后一点儿力气敲了敲自家的门。

开门的是父亲。一言不发地把他扶到沙发上，然后端了一碗尚有余温的绿豆稀饭给他。他几乎是风卷残云般地喝完了。

父亲挨着他，默默坐下。很多年了，父子俩再没有这样亲密过。

“滋味不好受吧？”父亲开口了，寥寥数语，道破天机。他惊得跳起，又不敢有过多无意义的辩解，终于还是垂下头去。

父亲背着手，慢慢踱到阳台边，黄昏最后的一点儿阳光披在父亲身上，刺得他掉下泪来。父亲还是父亲，背影既高大又瘦小。

他想起来父亲自从回家后，开始每天晚上雷打不动地收听宁市的晚间新闻，只因为有些时候，播音员可能在只言片语间提及父亲曾经工作的地方。曾经共事的人被打得七零八落，早已物是人非。所谓沧海桑田，其实不过如此。

“孩子，人的一生有许多岔路口，你选择了一条道，没走多远，又会遇到下一个岔路口，再选择了一条道，再往前走，还会遇到更多的岔路口。”

他怔怔地望着父亲并不算太宽阔的肩膀，不知道父亲想要表达什么。

“没走到最后，我们谁也不会知道自己的选择究竟有没有错，即便有错，是什么时候开始出的错？即便后来意识到了，挽救了，那为了挽救而做的选择是否会出错？我们都不得而知。因为人生实在太长。没走到最后，永远不会知道答案。”

父亲从来没有和他说过这么多话。从小到大，父亲一向谨言慎行，能不多说必不多说。他的心中模模糊糊竟升起了一种莫名的隐忧。

他想问父亲的选择究竟有没有错。但他嗫嚅了半天，最终还是没有问出口。

“爱群，你想在这条道上走多远？”父亲冷不丁地问，令他措手不及。

“我不知道，真没想过自己能走多远。”他又一次垂下脑袋，难掩沮丧和迷茫，“但是至少，也得像您一样远吧。”

父亲开怀大笑，笑声震得屋檐下歇脚的一群鸠哥儿“扑棱棱”地飞远，然而这笑声收放自如，很快便在窄窄的阳台上销声匿迹。他为这神奇的能力而惊心，更多的是替这能力的持有者感到深深的疲惫。

“你错了。我这辈子，在这条道上其实走得并不远，孩子。”父亲背对着他，“我一生相信正道，但是‘拳头上立得人，胳膊上走得马’实非易事。我一直认为，政治的选择，不在识时务，而在识自己。我自信我足够了解自己，但是我犯的最大错误恰恰在于我没有正确地认识自己，一叶蔽目，忽略了真实的自我。”

“文化大革命”开始前几年，父亲时任宁市粮食局局长，凭借卓越的政治才干和出色的政治禀赋，把工作做得红红火火，可谓春风得意马蹄疾。上面欣赏父亲，准备随时提拔。但父亲一向耿直，不懂圆滑变通，自然引起了不少“田间地鼠”的嫉妒不满。

三年困难时期，饿死了不少人，国家开始整改后，情况开始有所好转。父亲毅然将宁市百姓的身家性命一人扛起，一次次向上面申请口粮拨给。终于有一天，喜讯传来，上面通过了父亲的申请，以人头为单位分发两斤豆饼，作为个人半个月的口粮。消息一出，家家户户喜极而泣，仿佛看到了生的希望。

曾经有一个求过父亲办事却没有成功的夹袋人物家里却在这个时候出事了。这人生育能力有碍，四十来岁才有了第一个儿子，自然把这儿子宠上天，领到豆饼的第一天就把二斤豆饼用牛皮纸包好，端端正正放在孩子桌上，想制造个惊喜。

孩子一进门，一眼瞥见这桌上的精心包装，一头雾水地拆开，也认不出是豆饼，只知道是吃的，激动地抓起就往口里塞，不知不觉大半豆饼就已下肚。孰料这未成年的孩子少不更事，不知道豆饼遇水会膨胀，吃得口干了，赶忙跑到院子的水缸里，用水瓢舀起水来大口灌下去，顿时就出了大事——只觉得腹中绞痛，胸闷气短，孩子的母亲听到动静从厨房里疾奔而出，只看到少年抱着肚子跌坐在地，面黄如纸，眼眶眦裂，已经一命呜呼了。

可怜这对夫妻膝下唯有这一子，哭得是死去活来。这人也不动动脑子，也没想过去彻查一番儿子的死因，只知道翻出儿子吃剩的豆饼细细查看，发现有不少霉点分布，大怒大哭，直接将此归咎为儿子死因——以为是豆饼变质发霉生出毒素，又恰逢孩子长期营养不良，体虚，两相夹击，孩子就这么死去，于是暗自怀怨。后来，这人又想起当年找父亲办事遭拒一事，更是恨得牙根直痒痒，这个梁子就这样悄然结下。

“文化大革命”开始没多久，父亲就被押上了批斗的卡车，脖子上也被迫架上打了大红叉的“走资派”牌子，一夜间一无所有。

母亲在里屋翻身，发出孩子般的梦呓。两个姐姐也已睡了。时值深夜，万籁俱寂，梅爱群没来由地恐惧，他知道，一定有什么事情即将要发生了。

“你觉得我恨他吗，孩子？”父亲喃喃地问。

沉默。“我不知道。”他只是这样回答。

“这样避重就轻的回答，很聪明。”父亲说，“但是我们是父子，不是上下级，大可不必这样小心翼翼。”

他想起母亲口歪眼斜，流着口水淌着眼泪，屎尿糊了一床单的样子。他想起父亲蓬乱着头发，垂着头站在台上，任人吐口水，咒骂，丢烂菜叶的样子。

“恨。”他轻轻吐出，胸中快然。

“可怜之人必有可恨之处，可恨之人亦必有可怜之处。事物没有绝对，黑白未必不可颠倒，只是大多数人更惯于徘徊在黑与白之间的灰色地带汲汲营营，了此一生。”父亲喃喃，似自语，又似指点。

他越听越糊涂，心下戚戚然，似乎真的有什么事情要发生了。“爸，你说了这么多，我反而糊涂了。你究竟想跟我说什么呢？”

“你可曾记得你小时候，爸爸和你说过的苏格拉底和青年尤苏戴莫斯的故事吗？”

“记得。尤苏戴莫斯是一位狂妄自大，目中无人，想要竞选城邦领袖的青年，曾和苏格拉底进行过一场非常有趣的谈话。

“苏格拉底问他，‘一个非正义的人能当领袖吗？具备成为一邦之主的资格吗？’尤苏戴莫斯回答，‘当然不行。一个非正义的人连做公民都不够格。’

“苏格拉底继续追问，拿出了一卷羊皮纸，用笔分别写上‘正义’和‘非正义’，‘那么你怎么定义‘正义’和‘非正义’的行为呢？可以把它们具体写出来，分别罗列在这两个分类下面吗？’

“在‘非正义’一栏下，尤苏戴莫斯写了很多，如虚伪、盗窃、欺骗、奴役等。对此，苏格拉底却给出了不一样的辩证解读，‘如果作战时，一个将军奴役了敌方的俘虏，这种奴役的行为是非正义的吗？作战时，潜入敌方战营，偷了对方的作战图或者抗战物资，对于

我方来说，这种盗窃行为是非正义的吗？’

“‘不是。但是你说的这都是面向敌人的，我指的对象是自己人，比如亲人、朋友。’尤苏戴莫斯说道。

“‘那好，我再问你几个自己人的例子。儿子生病时不肯吃药，于是父亲骗他药很甜，成功让他把药吃下，病慢慢痊愈了，这种欺骗行为是非正义的吗？有人发现他的朋友想要自杀，于是悄悄偷走了他藏在枕头底下的刀，这种盗窃行为是非正义的吗？’

“于是尤苏戴莫斯愣住了。”

父亲满意地点点头：“很好。所以爱群，我也要问你，什么是‘正义’？什么是‘非正义’？”

这回轮到梅爱群愣住了。

“苏格拉底最后说‘认识你自己’，这句话你可能忘了。个中哲学天机我们暂且不做探讨，但这句话值得你用一辈子的时间去推敲和琢磨。你能不能正确认识自己，才是真正决定你能走多远的根本。我这辈子太清高，黑白看得太分明，不愿意走进灰色地带，怕脏了自己的鞋，可是脚底其实早就布满泥泞了。你以后的路还很长。你要记住，有时候不必对命运的安排太较真，它可能仅仅就是一场游戏，但没有人会是永远的赢家。”父亲终于转过身来，看着他，像一头疲惫的雄狮，静静地望着他，似乎怎么也看不够，“爱群，我不是个好爸爸，不管在你的成长上，还是在仕途上，都失职了，我很抱歉。爸爸本来可以帮你几把的，你本来不必这么辛苦，但是爸爸有自己的坚持，希望你能理解。你只要记住，无论你最后做得怎么样，爸爸都永远为你骄傲。”

那天晚上他躺在床上，任眼泪肆意流淌。他第一次直观感受到，父亲已经老了。他平生最受不了三件事：天妒英才、虎落平阳、英雄迟暮。父亲的人生却占全了。父亲绝对是天生的政治家，对于这一点他深信不疑。他不好轻易概括或者定义父亲的人生，但是这一天发生的种种却让他陷入了深深的自我怀疑，他不禁开始思考自己是谁？他的选择是对是错？什么是正义，什么是非正义？

那天晚上父亲房间的灯亮了很久，直亮到第二天早上。晨起时分，他去叫父亲起床，父亲已经含笑着去了，口鼻间爬出细细的红色小蛇。

梅爱群讲到这里，戛然而止。林殷还听得发怔，意犹未尽，回不过神来。她瞪圆了眼睛看向老人。

老人朝她挤挤眼："我很久没有一次性说这么多话啦。好了，小林，我也讲得累了，今天就先到这里吧，下一次聊天，希望你来讲讲你的故事。"

"人生舞台的大幕随时都可能拉开，关键是你选择表演，还是选择逃避。你说是吧，孩子。"梅爱群旋开房门，深深地看了林殷一眼，走了出去。

DAY 7
烟火

事态持续失控。

这些本该在绿茵场上驰骋的少年，脑袋里充了血，良心里却失了血，他们誓要置年轻的女孩于求生不得，求死不能之地。

陆颖合是在嗓子眼深处的一片火烧火燎中醒来的。

睁开眼，身上捆绑用的黄色塑胶胶带已经被去掉了，皮肤火辣辣地烧灼疼痛，可见扯胶带的人力气一定未减。

她费力地从椅子上起身，想要去拿桌边的玻璃水壶倒一口水喝，却猛地被一脚踹得踉跄跪下。

“哟，想跑？”陌生清丽的女声。透着挑衅，玩味。

恐惧早已深蚀骨髓，体会反倒不再那么清晰。疲惫在体表层层包围着她，像锐利的小刺，扎得她浑身生疼。

她的沉默激怒了恶魔，一触即发。女声狠狠揪住她的头发，用力往后扯：“胆子很大哟，哑巴了？”头皮细细麻麻地生疼，一腔怒火涌上心头。她再难按捺几天来所受的折磨，反手就甩了身后的女孩一记耳光，回声在沉滞的空气中清脆作响。

这是个完全陌生的女孩。耳朵上打着四五个耳洞，鼻梁高而挺拔，五官立体，巴掌小脸，很有一种风尘气的漂亮。瞬间女孩的脸上便肿起了五个指头印，疼得她眼圈泛红，说不出话来。那一刻陆颖合也说不出话了。她知道自己没有退路了，她已经变成了自己曾经最深恶痛绝的人。

接着她再次被一脚蹬在地上。这一脚使出了十分的力气，不同于刚才软绵绵的挑逗，而是透着狠戾的力道，充满来自死亡的威胁。

“小贱人，找死呢，嗯？”又是一张完全陌生的男人的脸，又是同样熟悉的社会味道。

她隐隐约约明白了什么，恐惧像冬眠结束的野兽，慢慢苏醒。她向四周打量，一屋子男男女女，皆是烟熏火燎的风尘气息。

何立，梁智武，唐语琳已经站到了角落里，默默看着她，屋角的阴影投射在三人脸上，让人看不清表情。

男人拍拍手：“现在还没到我们上的时候，你们小女孩先慢慢玩一会儿吧，开心就好。”

噩梦又袭来，不，一切才刚刚开始。

掌掴。一白衣黑色墨镜女孩慢慢抚摸着她的脸，然后狠狠地掌掴：“长舌妇，不给你点儿教训，你就记不住闭上你这张臭嘴！”

“阿玫，你对她这么客气干什么？”一旁捂着脸龇牙咧嘴的耳洞女孩冲了上来，狠命揪起陆颖合的头发就往地上撞，力气并不算太大，但是没一会儿的工夫，她就磕破了唇舌，满嘴血沫，说不出话来。

三三两两的红男绿女们笑得前仰后合，笑她窘态百出，鼻青脸肿，更笑她不得不放下她的尊严，放在尘土里任他们摆布，践踏。

一直沉默不语的唐语琳默默摇头："不，不够。"

一穿条纹短袖的女孩气喘吁吁地抬起头来，一脸的不尽兴："N姐，你说怎么打吧？"

唐语琳笑了，轻轻启口，露出整齐洁白的牙齿："你傻呀！打她，她最多皮肉疼两天，很快就会忘的，要收拾她，就要用她一辈子都忘不了的方式。"

几个女孩掩着嘴，意味深长地笑，耳洞女孩朝唐语琳挤挤眼睛，"N姐，真有你的，你不说我们都忘了，不扒了这狐狸精的皮，还不知道她是怎么勾搭男人的呢？"

恐惧再次从每一个毛孔渗入肌理。陆颖合勉强张开疼得发胀的嘴，声音却虚弱得不像她的："你们……要做什么？"

"做什么？"白衣墨镜女孩恶狠狠地再次一脚把她蹬在地上，疼得她死死咬住下唇，哆嗦着再也发不出声音。

女孩蹲下身，用手弹弹她被汗粘在肩背上的内衣肩带。

"你马上就知道了。"

话音刚落，几个男人已经如狼似虎地扑上来。女孩们掏出了相机，对着她开始拍摄。

她最后的心理防线终于崩溃，几日来苦苦伪装的镇静和勇敢支离破碎，只剩下大声哭骂，叫嚷，嘶吼："你们不是人！你们真的不是人！"

何立终于大笑出声，双手抱肩靠在墙上，一脸快意："当然！我们当然不是人。我们只有不是人，才能让你永远做不成人。"

男人们喘着粗气要把她吃干抹净了，开始拉裤链，解皮带。她知道接下来等待她的将是什么，她睁大眼睛，死死盯着白花花的天花板，恨不能盯出一个洞，放她离开这是非之地。她自始至终不知道自己做错了什么，她只能一笔笔地将这些血债记在心里。细心如她，已经在多次偷听这帮人谈话的细节中估摸出了自己大概的位置。现在她只剩得到一个联系外界的机会。

剧烈的痛楚折磨着她求生的欲望，她真想就地结果自己的性命，以头抢地撞死也罢，咬舌也罢。但是残存的理智告诉她，她不能，她必须活下来，并且必须意识清醒地活下来。活下来，意识清醒地活下来，她才可能翻盘。

意识开始模糊了。她很累了。几日的折磨和欺凌，让她夜夜不能安睡。她好想就这么睡过去，再也不要醒来。隐隐约约地，身后传来梁智武平静无一丝波澜的声音："大家再接再厉。谁想得出越奇的招，谁拿的钱越多。"

诡谲的声音话音未落，方志西已经揪着头发焦躁不安地站起，痛苦地嘶吼了一声："凭什么？凭什么让我们在这里被迫接受日日精神的酷刑？"

陈逸添叹："事已至此，我们能做的只能是听完这个故事，才能知道这个人究竟想做什么。目前来看，我们既没有受到生命威胁，亦没有任何逃脱的可能，焦虑只会毁掉我们每一个人！烦请你还是坐下，少安勿躁吧！"

方志西缓缓转过身，所有的人都在用眼神示意他落座，示意他"没有可能的，不要痴心妄想了。"连日来的心理防线一举崩溃，他竟像小孩子一样掩面大哭："我究竟犯了什么错？我究竟犯了什么错？为什么这个噩梦还不能结束！为什么！凭什么！"

已到不惑之年的男人，从一米八哭到了一米六，再哭到一米三，先是拼命捶打地板，最后匍匐在地，发出闷闷的呜咽声。

一旁的徐娣已经冲上前，同样软软地跪倒在地，死死抱住方志西颤抖的身躯：“儿啊，儿啊，你别这样……儿啊，儿啊……”

诡谲的声音不知什么时候默契地停了下来。

这一回轮到其他六人的心理防线面临危机了。

众人恍然大悟，怪不得总看到他们两人动不动就粘在一起，原来徐娣和方志西是母子。可是，为什么他们不肯和大家公开自己的关系呢？

秦征迟疑着开口了：“那你们为什么不早告诉大家你们的关系呢？这说出来也没什么吧。”

徐娣只是苍白地笑笑，摆摆手：“不，不可以。本来我打算打死不说，现在看来纸包不住火了。志西情绪不稳定，他累了，我带他回房间休息。大家都别担心。”

瘦小的徐娣半扶半扛着高大的方志西上楼了，然后是方志西忽高忽低渐渐远去的抽泣声，然后是门打开又闭拢的声音。

会客厅里无声无息，一片沉寂。越来越惊心动魄的故事，不知何时才能结束，无不摧残着在场每一个人的神经。

方志西在梦里哭着辗转，呼吸困难。影影绰绰能看得到她熟悉的笑脸，灿烂，夸张，可爱，一笑绝对要露出八颗牙以上。

他很想她，很想很想。

父母的卧室里又传出熟悉的撞击，哭喊，打骂，厮斗的声音。

他的心陡然往下一沉，掩开房门，熟悉的场景映入眼帘。扭打，踢踹，撕扯，周而复始，生生不息。

一向衣冠楚楚的父亲，此刻像一头被吞噬了灵魂的魔鬼，骑坐在母亲身上拳打脚踢，口中大声咒骂，母亲招架不住，只有被钳锢在地上哭叫的力气，端庄清秀的脸颊上很快便浮起青一块紫一块的斑斑伤痕，口鼻里涌出血来。

他愣怔着，终于忍不住痛哭失声："你们到底在做什么？爸！你再不住手我就报警了！"

父亲充耳不闻，单手揪住母亲的头发，把母亲从卧室拖行至客厅。母亲身上的汗和口鼻中涌出的血混合在一起，在地上留下了一条长长的痕迹。

他努力克制着战栗和惊惧，哆哆嗦嗦地开始拨电话。

那一天是他一生都无法忘记的耻辱。在他看来，那耻辱也离不开他的"推波助澜"。

围在小区一楼花园看热闹的街坊。低垂着头不安地绞着手指的父亲。训话说教的辖区民警。靠在女警肩膀上恸哭的母亲。

所有人都忘记了他。忘记了十四岁的他。

他也想像其他小伙伴那样肆意在篮球架下挥洒汗水，抢占篮板，在绿茵场上尖叫，带球过人，打滚；他也想无忧无虑地吃冰激凌，打游戏，最好，因为吃太多玩太久，拉个肚子，考个鸭蛋什么的，被爸爸妈妈痛骂一顿；他也想像公园里荷花池游弋的鸭子那样，一家人成群结队，气势汹汹地出门，把游人逗得哈哈大笑，可爱又温馨。

他有时会后悔自己拨打了这个电话。但有时也会庆幸自己拨打了这个电话，因为他很清楚不拨打这个电话可能导致的后果更严重。

他只能自嘲命运弄人。

目送着父亲驱车送母亲和陪同的女警去了医院，他的眼泪才大颗大颗地滚下来。准备离开的民警们终于发现了瑟缩在角落里的他，也不知说什么合适，干脆默默拍拍他的肩膀，算作安慰。

他痛恨这种将对方当作是小孩子的关心方式，这只会时时提醒着他对眼前境遇的无能为力。

他大吼一声，狂奔出去。

他喜欢奔跑，喜欢这种与风竞逐的快感。他拼命加速，直到将风远远甩在身后，将所有屈辱的眼泪甩出眼眶，甩在脑勺后面，才猛地停下来，一个踉跄几乎扑倒在地。汗水像开了闸似的奔涌而出，混合着眼泪在他热气腾腾的皮肤表面蒸发，上升到天空，然后再次凝结成豆大的水滴降落下来，砸在他赤裸在衣裤之外的皮肤上，生疼生疼。

下雨了。

他摇摇晃晃地站起，借着雨声的掩护，放肆大哭，一转身，一家陌生的咖啡店亮着温暖的鹅黄色灯光，在蒙蒙雨水中静静等待，他拔起陷在泥淖里的鞋子和陷在泥淖里的心，趺趺撞撞向它走去。

推开门，舒适的空调冷气扑面而来，不会冻得刺骨，也不会热得人心烦气躁，再配上空气里涌动着的咖啡香，很是妥帖舒坦。他渐渐平静下来。眼泪风干在脸上，被空调吹得，感觉紧绷绷的。

身后响起一个有些磁性的低哑女声："来看车的？"

他转过身来看向声音的来源，是一个长得很漂亮的年轻姐姐，笑起来唇红齿白，耳垂上长长的耳饰叮当作响，眼睛不太大，但是看着挺舒服。一瞬间他的心跳竟然加速了，索性顺水推舟，"嗯"了一声，开始细细打量店面陈设。到处都是车架，头盔，骑行服，花花绿绿，角落里的木制书架上随心摆放着一些骑行类的书籍，墙上还贴着不少车手骑行或者到达终点比胜利手势的照片，用可爱的卡通玩偶贴纸装饰点缀。在好奇心驱使下，他凑近去看，发现照片里的主人公是这位姐姐和一个男生。

他的心马上飘飘忽忽悬了起来。他还没有骑行过，但是他就是觉得只要自己学，一定可以骑得比那个男生更好。

姐姐斜靠在墙上，双手抱于胸前笑道，"那是我弟弟，帅吧？他在国外念书呢。"

一颗本来悬浮在空中有些无处安置的心，又飘飘忽忽地落地了。

“这店是你的？”他清清喉咙，竭力想从自己还未变声结束的声带中发出成熟一些的声音，但是很明显失败了。

姐姐笑起来，笑声清脆，和她的两串耳饰发出的声音一样：“当然呀，我开了很多年了。对了小弟弟，你会骑行吗？”

他有些尴尬，不知道为什么，特别不想在她面前暴露自己的短板，他多希望她可以问问自己擅长的东西，比如“你跑步怎么样？”那他就可以大吹特吹了。不过他盯着她清亮的眼睛看了半天，实在撒不了谎，只好用沉默充当一种不甘心的否认。

姐姐会意一笑，转身从店后面推了一辆有些落灰的黑色山地车出来，一脸爱怜地拍拍车座：“这是我弟弟的旧车，好看吗？”

他不服气地斜眼觑着这头蛰伏在擦洗得干干净净的木地板上的小兽，仿佛隔空瞄着那个有着和姐姐一模一样灿烂笑容的大男生。他眯起眼睛，不敢给姐姐发现，只好在想象中杜撰出一个高大全能的自己，脑袋里已经欢快地勾勒出那个被他的光芒覆盖的大男生，不，变成了小男生。

姐姐仿佛听见了他的腹诽，匆匆忙忙地打断，趁着他摸车看车的功夫，已经给他榨好了一杯果汁，笑嘻嘻地端到角落的空桌上：“小孩子喝咖啡不好，喏，姐姐请你喝杯果汁。”

他顿生不快，竖起眉毛义正词严：“我可不是小孩子！”

姐姐快乐地大笑：“好，大弟弟，小姐姐请你喝果汁，好不好？”

他气得直跺脚，拿她一点儿办法也没有。

他平衡能力很好，一个下午的工夫已经可以把车骑得很溜了。他沿着自行车道疾驰，发现同样是和风竞逐，骑车却比跑步更酣畅，更自由。

周笑薇在他身后不紧不慢地跟着，很是欣赏这个自己亲手带出来的得意弟子。她游刃有余地控着车，时不时骑行到他身侧，笑吟吟地看着他。

那天，天是响晴的，阳光肆意地灿烂，就像她肆意灿烂的笑容，一笑露出标准的八颗以上牙齿，不动声色地点亮了他的全部青春。

母亲恢复得很快，脸上残余的青肿和未来得及愈合的伤疤被精心修剪过的肉色胶布一盖，再均匀细致地化好妆，几乎看不出来。

她依然每天认真梳妆，需要的文件分门别类码得整整齐齐，夹在手袋里，踩着十三厘米的高跟鞋，昂首挺胸地踩在小区的彩砖地面上，踩在三姑六婶的各路好奇和怜悯的目光中。

她不是没有出路，她不是没有能力自救，她完全可以用自己最熟悉的法律条款维护自己的合法权益，甚至退一万步讲，维护自己的人身安全。但她却选择了最不是出路的出路，最软弱无能的处理方式——沉默。她的骄傲不可以轻易被打碎，她可以忍受街坊邻居的冷嘲热讽，指指点点，但是她却无法接受来自同行的任何性质的目光。于是她选择一次次缄口不言，去苦苦维持她说不上来为什么一直想要维持的东西。

车开得很稳，稳得没有任何颠簸或者急刹车，以制造一个打破僵局的借口。他和母亲并肩坐在几平方米的狭小空间内，隔音极好的车窗隔开了他们和窗外的喧闹，但是隔不开两人交织在一起的平静的呼吸。

“比赛准备得怎么样？”母亲冷不丁地开口了，指甲轻轻叩打着方向盘。

他沉默着点点头，也不知道母亲看见没有。又是半晌无言。

“好好加油，别给自己太大压力。”母亲把车靠边停好，从随身的大手袋里又掏出一叠纸，“这是妈给你找的历年竞赛真题，这周内你自己挤时间做掉。”

他木木地解掉安全带，木木地接过资料，放进书包，拉开车门。

母亲突然拉住了他的手臂，手心温热有力：“志西，你怪妈吗？”

他沉默，内心风起云涌，表面依然风平浪静。他不说话，和母亲耐心僵持着，等着她的手率先失去耐心。

母亲最终叹了一口气，松开手，幽幽在他身后开口：“不管妈做了什么样的选择，希望你都不要怪妈。”母亲停顿了一会儿，很艰难地说：“妈是真的希望你过得好。”

他关上了车门。

父母在民政局门口和平分手了。那天父亲穿着长风衣，系着纯色围巾，母亲亦一身休闲，脚下踩着轻便的踝靴，两个人的风格那么相投，俨然一对璧人，此刻谈笑风生，握手言和，似乎之前的刀光剑影从不曾发生。

母亲仰起脸，摸摸他的头，眼睛里泛出水光，他已经长得很高大，比踩着高跟鞋的母亲还高了大半个脑袋。母亲说：“儿子，你要听话，要照顾好自己，以后有什么需要还是随时跟妈开口……我……”母亲还想说什么，却已经什么也说不出了。

父亲伸出手，挡在他们中间，像划出一条看不见的鸿沟，或者这鸿沟不用父亲下手，也早已存在。“别说那么多了，判给我你就认了吧，好吧？”

他再也忍不住，甩下父母，拼命飞奔，不顾喘着气追赶呼喊的他们，拼命飞奔。他跑得胃里翻江倒海，眼底也翻江倒海。他只想赶快跑到那间亮着温暖灯光的小屋里，远离眼前的一地稀碎和不堪。

他撞进店里，跌坐在地，跑得几乎只剩下半条命。店里三三两两的客人，有的在看车，有的坐在角落的沙发里喝着啤酒、看着比赛，空气中流淌着 Viotti 的 G 大调第二十三协奏曲，咖啡的暗香自由游走，他大喘着气，闭上眼睛，瘫倒在地板上。

“志西？……志西？……”遥远的呼唤，像天使姐姐的声音。他当然没有见过天使姐姐，但如果天使姐姐真的存在，应该就是这样呼唤迷途的孩子吧。

他缓缓睁开眼，周笑薇一脸担忧地把手掌覆上他的头：“你没事吧？怎么脸色这么难看？”旁边的顾客适时地递上一杯热水，关切地看着他，他觉得很是难为情，终于忍住了抱住她的脖子大哭的冲动。

他把车骑得飞快，却还嫌脚下的黑家伙太慢太慢，不能带走他的情绪，于是干脆半弓着身体站起来左右摇车，周笑薇追得气喘吁吁，大呼：“慢一些，志西！别太急了！我快要追不上你了！”疲惫袭来，他的速度慢了下来，眼泪也慢了下来，停滞在脸上。周笑薇终于追了上来，骑到他身边，正打算夸奖他驱车能力的进步，然后借着沿街店面雪白的灯光窥见了他布满眼泪的脸。

周笑薇拍拍裤子上的土，大剌剌地一屁股坐下，拉开两罐啤酒，递给他一罐：“小男子汉了，还哭鼻子呢。怎么了？跟姐姐说说？”

他对于这句再一次迅速拉开两人距离的话恼羞成怒，恶狠狠地瞪了她一眼：“你也比我大不了几岁！有什么好嚣张的！总是充当什么大姐姐！”

周笑薇没接他的茬儿，大口喝了一口酒：“你知道吗，志西，你和我弟弟实在太像太像了，你们都有着沉默寡言的性格，倔倔的十头牛都拉不回来的小脾气，都天生有着一副读书的好脑子，不说话的时候，都爱拧着眉头。”周笑薇本来正看着远处的灯火，趁方志西不备，马上一转身，用被冰镇啤酒冰得冰凉的指尖摸摸他眉间的“川”字，“你看！”她大笑，刚才小小的惆怅淡去一些。

“我弟弟那个人呢，很厉害，很聪明。他做什么像什么，玩什么是什么。他喜欢交朋友，在国外念书那阵子，和别人组了一支乐队，玩得很开心也很成功，一度出了好几张专辑，在当地也算小有名气吧。”她陷入了回忆，叮当作响的耳饰也沉寂下来，“直到那次意外。直到他从那个移动舞台上摔下来，被拦腰卡在两个高低平台的缝隙中间，被活动的两个平台反复碾压，反复碾压……”

她闭了闭眼，又大口灌了口酒：“那么大那么正式的舞台，怎么会出这种意外呢？我至今都实在想不明白。我弟弟，那么年轻，那么高大帅气的一个男孩，多少小姑娘喜欢他啊，他的未来多美好啊，但是他再也站不起来了。我不甘心，真的不甘心啊！……”她的声音更沙哑了，低低地压着哭腔。

他从心底生出一股强烈的保护欲，直起身子，小心又笨拙地把她摁在自己并不算太宽阔的肩膀上。他从未把她当作大姐姐，虽然他小她好几岁。他咽下去了自己内心的痛苦和挣扎，打算什么也不说。不说自己唇枪舌剑了很多年的父母终于离婚了，不说自己有多恨母亲的懦弱和虚伪，不说自己每日冗忙在各种国际竞赛中被反复倾轧的灵魂，不说自己厌倦了这十五年和同龄人你追我赶的模范生活。

他的脑袋里嗡嗡作响，最后停留下来的只有一个最简单的想法——他想再长大一点儿，大到有能力带她远走高飞。

“为了治弟弟，我们家已经快倾家荡产，这间小小的店，这间装满了我和弟弟从小到大回忆的车店，也快留不住了。”她的眼泪落下来，湿透了他肩头的布料，凉凉的，凉到他心里去。他干脆借着酒力，扳过她湿漉漉的脸颊，轻轻吻了上去。这是他的初吻。他能感觉到她一瞬间的震惊，她的身体分明僵住了，似乎想要挣扎，想要拒绝，但是最后，她慢慢松弛了下来，回以更温柔，更绵软的吻。他的躯壳空空的，大脑缺氧，暂时夺去了冷静的位置。他一向冷静克制，一心扑在各类竞赛和学业上，他知道自己是块学习的料，除了学习和运动，他也没有关注其他太多的东西。遇到周笑薇之前，他从不曾有过心动的感觉。学校里同龄的女孩子那些故意引起他注意的小把戏、小伎俩，他只觉得吵闹和絮烦。她们了解他吗？从来都不吧。只是被他虚幻的标签和光环吸引住罢了。他很早就悲哀又清醒地认识到，多年以后，他不过是这些女孩漫长青春期里的一个抽象的符号，一个光鲜亮丽的顿号或者逗号罢了，他在她们的回忆里甚至可能都没有办法以一个具象的形式存在。直到遇到热烈的、新鲜的、彩虹一般滚烫柔软的周笑薇，于是他把所有的矜持、骄傲和清高都甩开，他可以脱下那些壳子了，把丑陋的、真实的内核放心地露出来。他以前不信Soulmate一说，但是周笑薇却让他感到，他本是一块残缺的拼图，只有和她结合以后，他才能完整。

他脑子里乱糟糟地不知道都想了些什么，也不知道两个人的唇舌交织了多久，直到周笑薇率先抽离，他才意犹未尽地睁开眼，看向怀里小小的可爱的人。他从来不觉得她比他大，她的眼睛里总是装满了那么多故作坚强的脆弱，分明还是个孩子。

“志西，我犯错了。”她突然哭了，泪水涟涟。

他慌忙抬手，擦去她眼角的泪：“这是什么话？”

她没有正面回答，微微侧过脸，躲开了他的手：“你的名字真好听，你知道吗，唐僧最后离开女儿国的时候，其实对女儿国的国王还说了一句话，你猜猜是什么话？”

他摇摇头。他很少喝酒，母亲平时管得很严。他感觉酒气上涌，头脑开始有点儿发昏了。他心里暗骂“该死”，这可太丢脸了，这么小一罐啤酒他都搞不定，岂不是要在周笑薇面前出糗了吗？

"'若有来生'。"她定定地看着他，"唐僧是爱着女儿国国王的，只是他已皈依佛门，肩系使命，就注定他和她不能有个圆满的结果。他志在西方，大好山河等着他去开拓，所以她不该阻挡他的脚步。"

酒精的作用让他愈加困倦，迷迷糊糊中，最后还是没有听清楚，听明白。

新一届的国际中学生物理联赛圆满落幕，他终于得以结束闭关学习的日子。

他像往常一样把作业做完，骑车经过那家她爱的西点店，捎上她爱吃的苹果派和一早订好的生日蛋糕。

MP3 的耳机里塞着 Andy Williams 的 *<Love Story>*[①]，他只想赶快见到她。

Where do I begin to tell the story of how great a love can be
这个伟大的爱情故事该从何讲起
The sweet love story that is older than the sea
这个甜蜜的爱情故事比大海还要悠久
The simple truth about the love she brings to me
她赋予我爱情的真理
Where do I start……
我该从何讲起

这么久的相处，他又怎么可能看不明白那姑娘每每看见他时眼睛

① *<Love Story>*：1970 年电影 *<Love Story>* 同名主题曲，由 Andy Williams 演唱。

里一闪而过的星光。他有时生出男孩捉弄自己心爱的人的小心思，故意无限接近她，鼻尖悬停在她鼻尖的前方，做出要吻她的样子时，她那副姐姐的样子总是会消失得无影无踪，呼吸局促，脸色“唰”的一下子通红。他想告诉她答案，年龄不是问题，她弟弟的身体也不是问题，他愿意陪她渡过难关，他的确志在西方，志在远方，但是他的未来不能没有她的存在。他不是唐僧，所以他们不用等来生了。

他猛地刹车，碟片发出一声尖锐的啸叫。昔日亮着盈盈灯光的温暖小厅一片昏暗，门口玻璃门的把手上贴着大大的封条，他把鼻子压在玻璃上往里使劲看，只剩遍地狼藉，未收拾干净的桌椅碎屑散落四处。

他的心凉成一片。她一向爱整洁，虽然她早就告诉他，做好了店面被封的准备，但是他没有想到来得这么快，最奇怪的是，她不可能放任自己的心血和与弟弟的回忆就这么被蹂躏、践踏。

他愣在原地。良久，像想起了什么似的，掏出口袋里的钥匙串，摸出其中一把，跑到店门口的信箱里一阵翻找，在一堆沾着薄灰的发票、信件和小广告中，他摸索到了一个咖啡色的信封，封面中央是一行娟秀的手书，“志西亲启”。

志西：

展信佳。

不想搅扰你备赛，所以什么也没和你说，对不起。

当你看到这封信的时候，我应该已经在宁市麦迪逊赛[1]

① 麦迪逊赛：自行车比赛项目之一，赛车场赛的一种，具有一定的危险性。文中此处借鉴了2015年林超贤执导的电影《破风》中经过艺术处理的，被赋予赌博性质的麦迪逊赛。

的现场了。我知道，无论结果如何，你都肯定会怪我，但是这是我自己的选择，没有任何人可以动摇，希望你也能像往常一样支持我的决定。

不久前，附近的商铺传出消息，有人要盘下我们这一条街的店面。这是我和弟弟全部的回忆啊，怎么可以？怎么可以？好在最后我还是和他们谈妥了，只要给他们一笔钱，我就可以永远留住我们的 Bike Coffee[①] 了。可就在这个时候，弟弟却因常年卧床引发了并发症，家里已经快撑不住了，哪里还拿得出一笔闲钱？爸妈都劝我把店给人家吧，拿到不菲的费用，还能给弟弟治病，两全其美，多好。

不，不可以。当然不可以。

这里有多少我和弟弟的回忆呢？我们一起挑的店面，买来家具和材料，一点点拼装出我们的梦想，我们在这里熬夜看比赛，喝啤酒，吃炸鸡，击掌尖叫，拥抱欢笑，我们在这里亲手磨出泡出属于我们的咖啡，烘焙出属于我们的糕饼、点心，我们骑车穿过五湖四海，到处留影，也是在这里，盘腿坐在地板上修剪装饰着照片，然后一张张细心挂起。这里有弟弟健康时的空气和呼吸，这里有我们不想被时间冲散弄丢的回忆。

后来的后来，还有你的到来，志西。弟弟不在这儿的日子里，弟弟病痛的日子里，你给我带来了多少欢笑和慰藉，你给这小小的咖啡店又增添了多少不一样的色彩呢？都在你我心里，无以言表。

志西，人生就是这样，总是充满了未知的变数。但是

---

① Bike Coffee：周笑薇的店。

记住一点，输赢并不可怕，可怕的是我们轻易地妥协。答应我，未来的人生里，不要向任何人、任何事轻易地妥协。

我打算赌一把，志西。既然有50%赢的可能，为什么不赌一把呢？如果我赢了，我们一定要举杯庆祝，下馆子好好撮一顿，好不好？

志西，如果，如果，我真的等不到你长大，不要怪我。我曾经真的爱你。

见字如晤。一切顺其自然。勿念。

周笑薇

……With her first hello
她第一次向我打招呼
She gave a meaning to this empty world of mine
让我空虚的世界开始变得有意义
There'd never be another love, another time
再不会有另一份爱情，另一次机会
She came into my life and made the living fine……
她出现在我的生命中让我的生活变得如此美好

他握着信，东张西望，想找最近的一家报刊亭。
汗从脊背间汩汩流出，他无法克制地浑身颤抖。

……With her around, who could be lonely……
有她在身边，谁还会孤独呢

一行黑体加粗大号字撞上他的眼球。

“宁市地下麦迪逊赛发生惨烈事故致四死两伤，相关部门遭质疑。”

他知道名单就在自己湿黏的手指下面，只要抬起来，就什么都知道了。

他颤抖着手指，一点点艰涩地在纸上滑行，后退，移动，然后他瞥见了那三个加粗的小小的黑色宋体字。

周笑薇。后面跟着的括号里有两个更小的字。“死亡”。

他深一脚浅一脚地握着报纸，走回 Bike Coffee，一屁股跌坐在地。

对面一栋栋建筑，此刻灯火万家，这方小小店面的灯光却再也不会亮起。

如果没有你，我还如何志在西方，风度潇洒，快意恩仇？

下午六点，林殷收拾整理好当日学生咨询的一些零碎材料，逐个关了办公室的灯，准备离开。太阳西斜，挂在宁市楼群的半腰处，背景的红色却相当沉郁，竟像大片大片干涸的鲜血一般。

手机屏幕突然弹进来一条微信，原来是又有学生在一中心理咨询中心的公众号后台预约咨询成功了。她随手点开，滑了滑对方的信息：刘一，高三（9A）班学生，平平无奇，唯有最后的“备注”一栏格外刺眼。

“老师，我知道真相，我必须说出来，再不说出来我也要病了。”

程红的母亲是残疾，哑巴，还有先天的小儿麻痹，一直在家务农。为了养家糊口，也为了能让程红和妹妹享受到宁市的优质教育资源，程红的父亲带着姐妹俩来到了宁市闯荡，一面打工，一面供他们读书，偶有节余，都寄回乡下补贴家里。

程红也挺争气，一举考上了宁市最好的重点高中——宁市一中，甚至直接进了重点班中唯一的火箭班 9A 班，整个年级都心知肚明，这个班是专门用来培养冲刺清北复交的学生的。

刘一是乔西君的舍友，也是她最好的朋友，知道她一直看不起程红。她爱和班里一些男生一起捉弄程红，在便利贴上写上“屎女”“下水道女生”等污秽字眼后，假意拍她肩膀的同时，用手汗把便利贴粘在她背上，众人再一起快乐大笑。

“林老师，其实我也笑了。”刘一坐在林殷面前，垂着头。

距离宁市一模还有一周的那天下午，最后一节课结束后，大家都去食堂吃饭了，程红又一次留在位置上整理起笔记。乔西君拍拍她，关切地说：“小红，你妈妈是做什么的啊？为什么从来没有听你提起过她，也没见她来开过你的家长会啊？”

程红抬头，看了她一眼：“和你没有关系。”

从小被众星捧月惯了的乔西君哪里受得了这个，一把按住她的作业，一脸咬牙切齿：“你什么态度？再说一遍？”

程红抬起头，一把打掉她的手，指间夹着的红笔一不留神在乔西君洁白的袖口上拉出一条猩红的长线，一字一顿地说：“那好，我再说一遍。我一直都知道你们在背后怎么说我的。你看我头发油，就和班里同学说我家没钱买油炒菜时，就用铲子蹭一蹭我的头发，是你吧？开家长会的时候，嘲笑我爸买不起阿迪耐克，于是拍下我爸后脚跟的‘Adidors’在全班疯传，给我爸起外号，喊他‘哆嗦哥’，是你吧？看不惯我不洗头，嫌我身上有味道，所以往我背上贴‘屎女’‘下水道女生’的便利贴，也是你吧？”

程红站了起来，两眼炯炯，逼视着乔西君：“健美操课间趁着教室没人，把我的书包剪烂，是你吧？放学后趁大家都走了，把我的必修课课本丢进走廊上的垃圾桶里，是你吧？还有，把我留在教室里的校服泼上碳素墨水，都是你吧？看我 35 块的手表太廉价，于是把它丢进教室的鱼缸里让它彻底报废，也是你吧？收起假惺惺吧，管好你自己就可以了。”

乔西君被矮她半个头的程红逼得一步步后退，最后顶到了教室最后面的黑板上，马尾扫过黑板上的粉笔板报，粉笔灰扑簌簌地落下。她骇得闭眼尖叫，胳膊在空中乱舞，却不是怕被程红怎么样，而是觉得程红会弄脏她的衣服：“乡巴佬！你好臭！滚开！离我远一点儿！”

等她再睁眼时，程红已经快要走到了教室门口，乔西君暗暗松了一口气，故意用不大不小的声音对着她的背影轻轻念了一句：“看来是草窝里想飞凤凰呢，鸡生的小仔还想变天鹅？”短短一句话，就属“鸡”字咬得最重。程红瘦小的背影在教室角落的暗处停了停，最后还是走了出去。

刘一还在继续讲述，林殷边听边翻看着刘一和乔西君的短信和微信记录，胸口像被揉进去了一把碎冰，吐不出来，也咽不下去。

摘自刘一和乔西君的微信聊天记录

刘一：你别难受了，孙老师给你拿了新作业本，在我这里放着呢。你还好吗？

乔西君：我在宿舍躺着呢，你中午帮我打一份饭吧，卡在我书包里。

刘一：你和程红到底怎么回事啊？她为什么那么对你啊？

乔西君：我也不知道，可能就是穷山恶水出刁民吧。不过她好像没有宁市户口，最后还不是得回山沟沟里高考吗？想到这一点我就舒服了。

刘一：唉，我以前真是看错她了。以前以为她就是又臭又脏罢了，谁想到她是个这么恶毒的人！你别太难过了。

乔西君：我不难过，我爸妈已经把这事儿捅到“宁事速递”了，电视台记者下午就来，到时我让她吃不了兜着走。

刘一：可以啊，摸摸头。可是你不怕记者乱写吗？

乔西君：嘿，怕什么！告诉你个秘密，你不要告诉别人哦，宁市电视台里的一个领导是我舅，具体是谁我就不能说了，反正我一定要搞臭她，你看着吧。

刘一：我是真无语了，她竟然把你关厕所里？

乔西君：是啊，不过没事，后来孙老师把我救出来了，幸好那会天还没黑，再晚一点儿就恐怖了。

刘一：她能做出这种事，她也够恐怖的。

乔西君：你看着吧，宁市一中可供不起这么个大佬，这回她非得滚了。

刘一：可是你听说了吗？她打算去校领导那里举报你，她搜集了好多你和班里那些男生欺负她的证据。

乔西君：你有想过为啥这消息能传到你耳朵里吗？嘿，校领导里也有我亲戚啊，早就截下来了。更何况，我干的那些和她做的那些比起来，那能相提并论吗？论心黑，我可真比不过她！

刘一：安啦安啦，我估计这回她真得滚了。

“林老师，如果不是宿舍大扫除，我可能永远不会知道真相了。”

刘一有气无力地从随身背着的帆布袋里掏出半瓶胶水，还有几张打印的裸体女人图片。林殷定睛一看，女人的头像被P上了乔西君，再往下一翻，还有几张是P图之前的裸体女人。

“我当时就感觉心里一沉，于是马上跑去质问乔西君，她一开始不认，后来出于炫耀吧，还是得意扬扬地全招了，录音就在我手机里，我随时可以发给您看。”

“你为什么现在才说？”林殷艰难地开口。

“因为我想着，枪打出头鸟，乔西君家背后的势力太强大了，电视台里有人，学校里有人，还有哪里有人我就真不知道了。这种事我要是自讨没趣说出来，我会不会成为第二个程红呢？”刘一犹豫了一会儿，攥紧了衣角，“而且，那会她给了我一笔钱，很大一笔钱，而且她还说了，只要我一直不说出来，她还会继续给我钱。”

刘一走后，林殷关上办公室的门，抖着手，重新拿起手机，在搜索栏那里输入“宁市一中程红”，开始翻看着贴吧、微博、微信群、QQ群、QQ空间里对程红的漫骂。正义的键盘上已然在缓缓竖起秀丽的墓碑，而彼时的人们并未察觉，仍然在尽情享受这场流动的、血腥的、狂欢的盛宴。网络暴力像一张网，将程红的光明、希望、梦想都收束其中，最终也收束住了她的咽喉。她把习题册最后一页写完了，做好了最后一顿给父亲和妹妹的饭，最后一次忘记洗头洗澡，然后反锁上了浴室的门。

幽幽火光最后一次照亮了那张年轻的、朝气的脸。

“这孩子是个才女啊。”负责收集证据的同事在陈逸添身后冷不丁说了一句。

他转头，同事正戴着手套在翻看程红放在书桌正中央的一个笔记本。

原来是程红的诗集，陈逸添一首一首地读，文字后面那个文心纯澈，人淡如菊的女孩子一点点地立体了起来。

碎片

我是一幅破碎的画
我想把自己拼起来
可是没有一块碎片
我找得到

井

我张开黑色的双臂拥抱你
你在哭吗
你说
没有
你的眼泪长出透明的刺
在我的怀里画了一口井
我朝井眼呐喊
有人吗

陈逸添注意到，这女孩写带竖弯钩的字时不会拐弯，一只一只的斜钩，像一只一只啼血小鸟的翅膀。他若有所思，快速翻到了最后一页。没有任何留给爸爸、妈妈和妹妹的话，还是只有一首诗，也是程红的最后一首诗。

有个人死了

有个人死了
死在建筑物的阴影
死在火柴盒 火柴人 火柴共享单车的堆叠
红色的警铃 黄色的警戒线
黑色的手机 白色的闪光灯
劈开一道
气浪
地上的人
后脑勺开了一条
大缝
脑浆织成干涸的乳酪
血用来浇灌馒头
肢体扭曲 打结 在风中舞蹈

熟练的手指
嘀嘀嘟嘟
光波和声条在空中结网
微博和微信大红大绿
用“#”搭桥发出正义的呐喊
嘘
如何分辨形成谷堆的第一粒谷子
人人摇头不知道

DAY 8
长河

罗念提着大包小包的礼品、零食和书本，出现在于童家门口。

开门的是于童家的保姆，是个慈眉善目的中年女人，客客气气地边招呼着罗念进门落座，边给罗念端茶倒水。罗念一刹那的恍惚，想起小时候那位陪自己长大，和自己朝夕相处的保姆阿姨，也是这种慈眉善目的样子，耐心照顾自己，给自己做饭，晚上会上楼给自己送水果和夜宵。如果不是父亲当年遭遇的那场意外，她的生活可能会一直那样平静下去。

于童抱膝坐在房间里的一块羊毛毯上，面向着落地窗，背对着门，阳光明明热烈，罗念却只感到阵阵寒意袭来。于童肯定听到了她的脚步声，但是没有回头。罗念的眼眶潮潮的，视线锁在那倔强又熟悉的小背影上。穿过时间的长河，她分明看到在长河的另一端是另一个小女孩，又或者是另一个小男孩。

她对母亲还是有一些零零星星的记忆片段的，

尽管那时不到五岁。她记得母亲爱看书，那时家里到处堆着的都是书。母亲似乎很爱穿丝制的旗袍，印象里都是母亲拥抱她时身上光滑的、温润的、薄软的丝绸触感。她甚至还记得，有时候吃完饭，母亲抱着她下楼散步，指给她看天边的云层和飞鸟。五岁的时候，母亲无视政策，偷偷怀了二胎，摸着肚子问她，开不开心。她懵懵懂懂地点头，把耳朵贴在母亲的肚子上，听里面那个小家伙大闹天宫，折腾得母亲满头大汗，满头大汗地孕吐，满头大汗地看书、做针线活，满头大汗地大喊大叫。

后来的后来，在她本就残缺不全的记忆里更是大段的空白。似乎有医生和护士手套上淌下来的血，黏黏稠稠地滴在地上，似乎有急促的推车声，吵嚷声，男男女女的哭喊声，母亲从撕心裂肺到渐次低下去的嘶喊，似乎还有父亲弯下腰，眼球里布满血丝，哑着喉咙喊她进去。她进去了，看到母亲眼皮已经合不拢了，眼皮的缝隙间微微翻着白眼，汗水、口水、鼻涕干涸在了她菜青色的脸颊上，嘴唇爆裂起皮，像酥脆的糕点上脱落的外壳。很多年后，她也曾经怀疑过自己的记忆，当时只有五岁啊，怎么可能记得清楚细节呢？可是那些片段里的细节却又在年年月月的时间流逝里，在她一遍遍地反刍和复习里越来越清晰了。

母亲给她和父亲留下了一个健康的弟弟罗思，但是母亲终究没有被抢救回来，因大出血而去世。父亲对这个儿子充满了爱恨交织的情绪，更多的是后者，又因为姑姑、姑父一直没有生育能力，罗思便顺理成章地被过继给了姑姑、姑父。临走前，父亲牵着罗念，对儿子的哭泣充耳不闻，和姐姐、姐夫交代完需要注意的事项，就那么默默离开了。都说每个孩子都是一个家庭的礼物，但对于有些家庭来说，却可能是打碎长久稳定幸福的不速之客。长大以后，罗念每每在逢年过节的走亲访友或者团聚吃饭时再见到弟弟，都能发觉他变得越来越沉默寡言，性子也越来越内向、阴郁。她的心里充满不忍，却又分明感到即使弟弟就坐在自己身旁和自己一起吃饭，中间也早就隔了一道看不见的鸿沟。

罗念知道，罗思一直都知道自己的身世。

当她第一次接手于童所在的班，天性敏感的她迅速捕捉到了那团熟悉又陌生的小小气流。那孩子和弟弟太像了，于是她忍不住对他心生怜意，甚至在于童不学习、不听课的时候，生出比对其他学生更多的恨铁不成钢的心情。罗思离自己太远太远了，不像于童，总是在自己的眼皮底下，一举一动都在自己的掌控中，管教于童，督促他学习，照顾他，关爱他，就好像在陪着罗思长大一般，就好像能够弥补那段业已过去的珍贵时光一般。

于童的父亲是工程师，平日里忙于工作，很难再分出更多时间在孩子的陪伴和教育上。小学生的教学工作经常需要家校间的及时沟通，再加上于童又是这么个问题小孩，所以罗念的办公室和校园里少不了经常被于童母亲风风火火的身影光顾。于童的母亲个子不高，梳着一头利落的短发，钟爱各种高跟鞋。她瘦弱和坚强的肩膀上分明有自己父亲的影子。母亲走后，父亲至今未娶，一半是为了罗念能有一个平稳快乐的童年，一半是因为他实在太爱母亲了。也因此罗念对这位陌生的学生家长除了心生敬意，更多的是一种模模糊糊的心疼。罗念太容易联想和代入了，她在于童的身上找罗思的影子，在于童母亲的身上找父亲的影子，也在于童的身上找自己小时候的影子。

于童三年级的时候，一天生病发高烧，趴在课桌上半天没动静。周围的小男孩们把胳膊高高举起，恨不能当铁臂阿童木，一口一个老师叫得又脆又硬："老师！老师！于童不行了！"罗念嗔怒地瞪了他们一眼，快步走下讲台。孩子有时候说话总是喜欢大呼小叫，只要不是正事，总是隐隐期待闹得越大越好。只有当事态闹得过大，大到超出了他们的可控范围的时候，他们才会陷入不知所措的慌乱，恶的锯齿才会被再次收起。这是属于孩子的“恶”，懵懵懂懂未必不能生恶，如日本电影《告白》里故作冷静地留下并试图掩饰烂摊子的学生的恶，如戈尔丁的小说《蝇王》里总是过于期待摆脱成人世界的管束的恶。

罗念把手伸到昏睡的于童额头上，被滚烫的温度一惊，慌忙背转身去，把于童的身体弄到自己背上，背起男孩就朝医务室冲去。三年级的孩子已经很重了，纵使于童再怎么瘦小，罗念背着他一路狂奔冲下楼梯，又穿着高跟鞋一路疾驰在偌大的校园里，等冲到医务室门口的时候，几乎都快虚脱。还没来得及把于童放下，就感到背上一热，有什么温热的东西淌下来了，甚至滴到了地板上，跟着一股恶臭袭来，罗念吓坏了，回头一看，才发现是生病的于童没憋住，拉肚子了，还直接拉在了自己背上。本来恹恹的于童顿时清醒了不少，脸涨红，眼泪一直在眼眶里打转，连声道歉，罗念只是摸摸他的头，接过校医递来的卫生纸，先把他的裤子收拾干净了，又用拖把去收拾地面，最后才顾得上自己身上的白裙子。

这半天的工夫，校医已经给于童吊上了吊瓶，安抚着他躺下。于童颤颤巍巍地拉开蓝色的布帘：“罗老师，您的裙子怎么办？我让妈妈赔您一条好不好？您不要生气，真的对不起，我刚才肚子太疼了，一下子没忍住……”说话间的工夫，眼圈又要红起来，罗念忙走上前去，掐掐他的小脸：“小傻瓜，一条裙子算什么？洗洗就能穿。你刚才真是让老师担心死了。”

但让罗念感到意外的是，两天后，于童却托妈妈带过来一个纸袋，打开，里面竟然是一条精致的 Fendi 白裙。这么贵重的礼物可把罗念吓了一跳，慌忙婉拒，于童妈妈却一再坚持，表示自己没有任何别的意思，纯粹是想感激她的负责任，儿子经常跟她说起罗老师对他有多么多么的照顾，这只是一点儿小小的谢意罢了。

探监时，穿着囚衣的父亲和她隔着玻璃，她也分明能感到他在命运面前的束手无策。他的眼袋快要耷拉到下巴上，头发剃短了，露出一茬一茬的菜青色头皮，和母亲临终前的脸色遥相呼应。她拿起电话，对父亲说："有些人，上帝派他（她）来，是为了向人类证明生命的界限在哪里，生命的可能性究竟有多丰富，我就是这样的人，我相信爸爸你也是这样的人。"父亲流泪了，他把电话扣下，用无声的嘴型告诉她："对不起。"她没有哭。

但是到了晚上，回到家，拧亮台灯，又拿出这条连衣裙细细抚摸时，她破戒了。眼泪不争气得像开了闸的水龙头，根本停不下来。如果父亲没有入狱，母亲没有去世，这个牌子的衣服，现在的自己应该可以随心所欲地买吧。自己的人生，应该也会是完全不一样的人生吧。

罗念在门口脱下拖鞋，赤脚踩在刚打了蜡的木地板上，走到于童身边，默默坐下。不说话，也不看他，只是和他一起看向落地窗外。这个视角，正好能看到外面一丝云都没有的瓦蓝的天空。两个人都不说话，只是心照不宣地并肩坐着。直到于童首先打破沉默。

"罗老师，您怎么来了？"

"于童，这几个晚上睡得好吗？"

"不好。"声音像风吹过的瑟瑟的烛焰。

"老师知道你怕。老师今天来，是想告诉你，老师一定会让该得到惩罚的人得到应有的惩罚，老师一定不会'不作为'。你爱读书，能明白这个词的意义和分量吗？"

“明白。”

“我知道你很疑惑，为什么老师不惜扯下自己的脸皮和学校周旋，和家长周旋，和那几个学生周旋，跑到微博、朋友圈、QQ空间去为你澄清，甚至去找记者、电视台、律师，寻求专业帮助，对吗？你一定在心里疑惑，老师为什么要帮你做这么多，对吗？”

男孩没有回答，但平静如小鹿的眼睛里却分明写着同意。

“因为老师，多年以前，也曾被卷入一场性质极其恶劣的校园暴力事件里。我不想，也不忍心看见你重蹈覆辙……”

她的声音慢慢低下去，几乎要抽噎出声，记忆的火车再次隆隆而过。

“几许将烈酒斟满……那空杯中……借着那酒洗去悲伤……”

温柔的歌声。饱蘸哀伤。

嘶吼。泪水。死死捂住双耳。

“别唱了！我叫你别唱了！”

“……旧日的知心好友……何日再会……但愿共聚互诉往事……”

她感到自己站在很危险的边缘，病似乎又要犯了，该怎么办？慌乱之下，却分明感到背上放了一只柔软的小手，在轻轻地拍打她的背。她转身回抱住这小小的身体，闻到了于童身上儿童沐浴露的香味。

这一天，诡谲的声音极其反常，一直到下午都没有发出任何动静。

方志西和徐娣在房间里待了整整一天一夜，始终没有下楼活动过。

剩下的六个人坐在客厅里，相对默默，尴尬无言。林殷始终紧张地盯着项毅和罗念，随时准备着弓一上弦即刻出马和稀泥，陈逸添和秦征依然争分夺秒地处理自己的工作，只有梅爱群一人气定神闲地倚在沙发上看书。

暮色西斜，几个人潦草解决了晚饭，生出倦意，都打算提早休息。

诡谲的声音再次神不知鬼不觉地出现，仿佛所有人的一言一行都在其视线范围之内，令人不寒而栗。

“久等了，伙计们！”诡谲的声音爽朗地大笑，似乎心情很好，“昨天，咱们的故事快要进行到了白热化的阶段，但是好像发生了一点点不愉快的小意外，所以今天我特意给大家放了大半天假，不知道大家身心恢复得如何呢？”

所有人用沉默做出回答。

气氛陡然沉寂下来，而故事仍将继续。

这是最暗无天日的南方梅雨季节。墙壁因潮湿生出绿色的，大朵大朵的，妖冶的绒毛，潮湿得渗出水来，混着满地吃剩的食物残骸，烟头和陆颖合的排泄物发出腐臭霉烂的气息。

陆颖合在这样的味道中嗅出了死亡的讯号。

这已经不再仅仅是欺凌性质的游戏。

何立已经丧心病狂。他痛恨女性，尤其是像陆颖合这样任何情况咬着苍白的嘴唇一脸镇定的女性。她和那个女人太像了，一样地令人作呕。他想看见她崩溃、焦躁、绝望、哀伤、歇斯底里的模样，也许如果陆颖合的五官“争点儿气”，互相挤出一个类似这类情感的表情，事态也许会出现可逆的转机。

但是陆颖合做不到。所以何立也做不到。

外面又一次淅淅沥沥地开始下雨了。

下半身撕裂一般的疼痛。赤身裸体的陆颖合从火烧一般的炽热中醒来，一手撑着地板，努力支撑起自己的身体，颤颤巍巍地夹着腿。

男男女女用复杂的目光仔仔细细地阅读着陆颖合的每一寸皮肤，而目光显然也在无声中摧毁她的心志。

陆颖合哆嗦着嘴，不允许自己掉眼泪。她四处张望，径直略过那些或戏谑、或厌恶、或揶揄的目光，定在角落的那堆衣服上。

她站起来，昂首挺胸地向那堆衣服走过去。她已经不知道自己在固执地坚持什么，但是她硬咬着牙，不肯放弃。她的神经已经衰弱得薄如蝉翼，她不怕命不久矣，只怕自己不再清醒地苟活于世。

白衣墨镜女孩悄悄伸出脚，陆颖合双眼直勾勾地看着那堆衣服，哪里顾得上脚下的陷阱，摔得四仰八叉，引来一阵疯狂的笑声和稀稀拉拉的掌声。

陆颖合的眼泪停在鼻尖上，她的心像狮群奔腾蹂躏过的荒漠，荡起漫天黄沙尘土，她恨不能手刃了这些失心疯的狂徒，但是她知道自己不能冲动，不能硬拼。她像蓄积力量准备给予猎物致命一击的猛兽，缄默着，蓄势待发。

于是她一点点爬起，一点点审阅着自己美丽的，年轻的，充盈着胶原蛋白的身体。

穿条纹上衣的女生出其不意地恶意伸手，握住她的一只姣好的峰丘，她也不多说什么，一耳光盖在女生的脸上，下了十二成的力气。那女生被打得牙齿磕破了舌头，瞬间嘴角流下血丝，所有人不敢置信地盯着陆颖合，此起彼伏的呼吸像与死神拼命赛跑的哮喘病人胸间的风箱。

一手背上文着一个隐隐若现的十字架的男生走出来，充满爱怜地抚着穿条纹上衣女孩的肩膀，蜻蜓点水一般吻了吻她肿胀的唇，然后走上前去，一脚蹬在陆颖合的胃部。她疼得佝偻起背脊，浑身战栗，不停地吐着酸水。

男生狞笑着，把她按在湿黏的地板上："舔掉。"

她抬头，朝男生吐出一口口水，但用力不足，只够得上男生的膝盖，男生不动声色地用手指抹掉，笑嘻嘻地抹到她的峰丘上，趁机揩了一把油。

另一个嘴唇上穿着唇环的男生大力把她推倒在地，朝何立的方向看了一眼，何立点点头，算作默许。

"你们要做什么？"陆颖合无力地起身，仍想再做进一步挣扎，剩下的几个男生已经把她固定在地板上。何立上前，被唇环男生轻轻挡下。"哪能让大哥亲自动手。"他蹲下身，俯视了一会儿就已大汗淋漓的陆颖合，笑言，"真美。"然后从身后拿出早已经准备好的黄色胶带，剪刀和眼罩，给陆颖合仔仔细细地戴上眼罩，伸出左手，大力捏开陆颖合的嘴，向依然戴着黑色棒球帽的唐语琳递了个眼色。唐语琳会意，从手边抓起一个早就备好的漏斗，扔向唇环男生。唇环男生用右手稳稳截住，一把狠狠塞进陆颖合的嘴里，用黄色胶带一圈圈将漏斗和嘴唇之间剩下的缝隙贴紧贴牢。

陆颖合"呜呜"难言，心底有不知名的东西掠过。黑暗之中，她无法洞悉等待她的会是什么。肾上腺素狂飙，世界仿佛失去了一切声音。

几个男生互相对视一眼，意味深长地笑，点点头，拿起角落里的脏水，对着陆颖合的嘴一阵倾倒。陆颖合开始边咳边哭，"哇"的一声开始呕吐，呛得眼泪鼻涕糊了一脸。她无力反抗，大声哭叫，最后渐渐没有了声响，变成了一只瘪掉的气球。

一旁的何立脸上浮起一层意义不明的笑容，像过于辛辣的火锅汤表面浮起一层油沫子。"小贱人，这几天玩得开心吗？"

陆颖合沉默，瘫倒在地，眼睛失焦一般涣散地看向阁楼的天窗。

何立将她的沉默解读为对他的江湖地位的挑衅，恼羞成怒，大吼一声，拔出唇间的半截烟，“嗤”的一声摁在陆颖合的脸上。陆颖合痛苦地干号，用手捂着脸颊在地上边哭边滚。她的情绪在一丝丝地走向决堤的边缘。她几乎已经流不出眼泪，连日的缺水和过于频繁的泣涕，已经让她连放肆哭泣的权利都被残忍地剥夺。

和舅舅、舅妈一块处理了外婆的后事，项毅简单收拾了行囊，循着当年和母亲一道下海的人提供的线索，只身南下去寻母亲。

列车一路颠簸，走走停停，各路旅客上了又下，下了又上，浑浊的空气包裹着昏昏欲睡的人群。耳边是列车驶过年久失修的铁轨发出的噪音，听得人牙酸。眼前，两侧景物在快速后退，如同飞快流逝的时间，一去难遮挽。前方绿茫茫的山野一片缀着一片，看不到尽头，铁皮列车载着一车沉沉的梦想、激情、希冀，奔向那连轮廓都看不出的尽头。那尽头就是当下最炙手可热的适合任何人做梦的场域。天南海北的人将在这里聚首，举杯，奋斗，颓靡，勾肩搭背，纸醉金迷，分道扬镳，抑或天长地久。这座散发着魔力的城市，黑漆漆地张着大口，静静地，胸有成竹地等待着源源不断的追梦人驻足、扎根、离开。项毅静静打量着一车或站或坐，或静默或说笑的过客，揣测着他们的人生，他们的过往和将来，这些人中，有多少能实现自己的梦想？而有多少，只是在清晨将醒未醒之时，眯缝着眼睛，稀里糊涂地咕哝一声自己的梦想，然后继续沉入酣眠和日复一日的苟且？

项毅在经停的小站买了一碗凉粉，冰透透的，浇上酱油、醋、辣椒油，撒上葱花，一口气下肚，方才挤挤挨挨在体内的汗就发出来一脑门，一身痛快。

两夜昏沉。再次睁开眼，列车已经缓缓驶进终点站，宁市市区。

正是盛夏。酷暑当头，项毅觉得肠胃在闹革命，脑袋也在闹革命，脚底下跟踩了一团棉花似的，绵软无力。

他顺着推推搡搡的人群出了车站，后颈有潮热的呼吸喷上来，刺激得他浑身发麻，急急忙忙推开前面的人，还没来得及躲到角落就吐了出来。

过路的人用嫌恶的眼神看他一眼，匆匆离开，吐出来后，终于感觉好受一些，只是脚下依然没有力气，干脆贴着水泥墩柱慢慢坐下缓缓。

眼前忽明忽暗，喉中发苦。抬起头，从火车站破败的天花板间，能够窥见一小方宁市纯澈的天空。有小商贩推着小车经过，向他吆喝："小伙子，要不要来一杯冰啤酒？"他喘着气，从口袋里摸出一把碎硬币，塞到小贩干裂的手心里，恶狠狠地大口下肚，慢慢的，浑身酸软的感觉淡去不少，眼前清晰起来。

小商贩见没什么生意，索性倚在车把手上，自顾自地跟他聊起来："你是外地来的吧？来这边做什么啊？"

他头都抬不起来，闭着眼："来找人。"

"找谁啊？"

"我妈。"

"啊？"小贩愣了愣，"那你有她的地址吗？我可以帮你看看啊！"

他睁开眼，眼睛定定地看着小贩的小车上一块外翘的铁皮，半晌，从口袋里摸出一张几乎快揉烂的纸条。

"哦，那就好办啦，我在宁市待了快二十年，你不介意的话，我可以帮你看看，给你指指路。"

小贩接过纸条，眉毛挑起半丈来高："你这哪里算得上地址？'东集区振光路'？没了？"

"嗯。"他点点头，有些愠怒地将纸条夺回："你指不了路就算了，说这些废话做什么？"

"哎，你这人真是！"

项毅已经自顾自地离开了。

项毅倚着一辆人力三轮的车厢壁，一路摇摇晃晃、东倒西歪，困倦一阵一阵地袭来，却不敢轻易睡去。他死死抱着胸前的背包，护着脚下的大行李袋，克制着沉重的上下眼皮不轻易对接，无奈它们压根不肯给他面子。再醒来的时候，外面已是华灯初上，车夫费劲地扭着屁股，把车停在路边，向他伸出手来。突然他猛地发现，行李袋不见了。

他几乎要跳起脚来，忍不住大叫出声："这是怎么回事啊？是不是你拿的我的行李袋？"他快要扑到车夫身上，立马被甩了一巴掌。"臭小子，给你三分颜色你就要开染坊？老子稀罕你那破抹布袋子啊？"车夫一面说着，一面将满嘴的菜渣和浑臭的口气喷在他脸上，"快给钱！臭小子，不然老子揍得你满地找牙！"

他急得呼喝："钱在那个行李袋里，我怎么给你啊？你这人，偷了别人东西不认就算了，怎么还打人啊？你……"他还想说什么，车夫一脚蹬过来，他整个人飞了出去，砸在尚有白天太阳余温的热乎乎的柏油路面上，眼见着那莽汉气势汹汹地冲过来，准备再来一下子，他惊得闭上双眼，两只手勾在脑袋上，胳膊肘死死护着。

然而什么都没有发生。

好半天，睁开眼，是一个年轻的男人横在他和大汉中间。

"有话好好说，动什么手呢？"

那大汉吹胡子瞪眼睛，刚撸起袖子，男人已经从皮包里抽出一沓老人头，面不改色地拍在大汉脸上，大汉喜得忙伸出手去抓。年轻男人拉起他："小子，下次小心一点儿。"说完转身向路边停着的轿车走去，项毅感激的目光紧紧追随着男人的背影，突然，车窗慢慢摇了下来，露出一张已经不再年轻，但是风韵犹存的中年妇女的脸，说不出的熟悉。

他愣住了，牙关紧咬，半天才憋出一声："妈！"

女人也愣住了，在这个滚得像个泥猴儿似的小孩身上费力寻找着，瞳孔在一瞬间放大，然后迅速拉开车门，奔过来。"小毅！你怎么来了？"女人上前，又退后两步，细细打量了一遍，又把他的头轻轻摁下，摩挲了一会儿他后脑勺一小块小时候被火燎着，头发再也没长整齐的疤，不顾一切地抱住他，大哭起来，"小毅！真的是你！你怎么找来的呀？妈本来打算月底就回去看你了！"

项毅浑身抖成了筛糠，他不敢相信，不敢相信自己竟然这么顺利就找到了母亲，眼泪没命地淌下来，终于痛哭失声："妈！妈啊！妈！我可算找到你了！"

来到宁市两月有余。

母亲现在过得很好，即便外婆不出事，她很快也要回去接他来宁市念书，给他提供最好的教育。但是他不知道该怎么告诉母亲，他并不喜欢宁市，不喜欢这座血液里淌着拒人于千里之外的冰碴的城市。他并没有太多奢求，只希望母亲、外婆和他三个人能够安安稳稳地生活在一起，他并不奢望母亲能挣多少钱，他能上多好的学校，他只要一家人和和美美地在一起，没有病痛和分离，没有担忧和挂念。

但是如今这一切已经破碎了一半。

他暗自庆幸，自己还有母亲。所以即便眼前的一切再不喜欢，再难适应，面对母亲，他依然是欢呼雀跃的，像个没长大的孩子一般，心安，妥帖，喜悦。

上学前，母亲带他去商场买了好几身新衣服，他木木得像个木偶，任母亲和店员摆弄。母亲说："把旧衣服丢了吧，那些款式已经过时了，料子也差，穿着不舒服。"

他从床底下的破旧行李袋里拽出那几件被外婆熨得平平整整的旧T恤，眼泪打在上面胶印的盗版史努比和米老鼠身上。那是有一年过年的时候，外婆带他赶集的时候买的。夜深人静的时候，他还是会想起外婆，想起外婆拿手的香椿拌豆腐和红烧茄子。

他躺下来，脑袋舒舒服服地搁在抱枕上，闭上眼。他假装躺在外婆的腿上，和外婆说说话。小时候，他就是这样枕在外婆的腿上，在院子里纳凉，外婆温温软软地笑，指给他看天上的星星。“小毅，你知道吗？人死了，都会变成星星，在天上守望着地上的人喔。”

“外婆，什么是死？”他瞪着眼睛，努力认着天上的星星。

“死呀，”外婆摸摸他的脑袋，出了一会儿神，然后笑嘻嘻着说，“去问小张老师吧，外婆也说不清楚。”

于是他在课间“咚咚咚”地跑进小张老师的办公室，“呼哧呼哧”扯着嗓子大声问：“小张老师！小张老师！什么是‘死’呀？”

那时候，白衣白裙，仙女一样的小张老师平静地说：“‘死’，就是停止呼吸和心跳，并且再也不能和爱的人说话，也听不见爱的人说话了。”

“死”，就是停止呼吸和心跳，并且再也不能和爱的人说话，也听不见爱的人说话了。

许久，他抬起头来，想再在天空中找一找最明亮的那颗星，想再看一眼外婆。

但是今夜是阴天，一颗星星都看不见。

宁市七中初中部的放学铃响了，学生三三两两地出来，陈逸添拎着早就准备好的冰奶茶迎上前去，努力在人群里寻找他想找的身影。可惜，直到人流从密集变稀疏，都没有找到他想找的那个孩子。保安大爷注意到了他，胳膊搭着保安亭的窗户沿，探出半个脑袋，操着一口宁市话：“哎！你是谁的家长啊！你过来，报一下班主任的名字，我给你查查！”

陈逸添小跑上前，把手机递出去：“大爷您看看，是这个孩子！她班主任姓朱，叫啥来着，您让我想想啊……”

保安把大盖帽摘下来，半花白的头顶蒸起一小股热气。“哎？这个小孩啊，怎么有点眼熟哩？”说着，把老花镜往下拉了拉，皱紧了眉头凑近了屏幕，“啊呀！你别想了，我知道她啊，这孩子被抓进少管所了啊，她那个啥，吸毒你知道吧，吸毒！这孩子这辈子完蛋了，肯定完蛋了。”

探视室内，屏幕上的少女和程红长得极像，像是一个模子里刻出来的，眉毛又粗又杂，两眼炯炯隐于其下，像荆棘丛里的两团火。陈逸添和民警示意后，把嘴凑近了话筒，直视着那少女的眼睛。

“为什么这么做呢？”

“不为啥。我姐死了，我妈是残疾，我爸那个人好赌，是个不负责任的人，所以其实我已经没有家了。我已经破罐子破摔了。”

“你有没有想过，你这么做，你姐姐在天上是可以看到的？她看到以后又会怎么想？她会不会对你失望？她在九泉之下能瞑目吗？”

少女眼睛里的火团黯淡了：“你不用拿我姐来吓唬我。人死了就是死了，没有感觉的，她也绝对不可能看到我在干什么。”

“看……得……到……”陈逸添一字一顿地说，“你知道我是什么人吗？我是法医，我从来不做对不起这份职业的事，因为有两个东西会看着我，一个是我心里的国徽，一个是天上的师父。我师父走得一样很突然，对不起，我这样说比较直接了，但我相信你可以理解，我也一度无法接受，但我从来没有想过要破罐子破摔。因为我知道他会看着我的一举一动。如果知道我做了什么违背良知和正义的事，他会伤心的。”

少女的眼泪扑簌簌掉了下来，砸在两手手腕的手铐上：“你为什么要来找我，又为什么和我说这些呢？去 ×× 的正义吧，正义根本没有来啊，我姐那么善良的一个人，还不是被逼死了吗？”

“孩子，火不侵玉，正义永远不会缺席，它只是有时侯会迟到罢了。”陈逸添再次向屏幕对面的民警示意，民警拿出了早就准备好的一纸判决书，递给少女，主人公的名字一栏赫然写着“乔西君”。

DAY 9
照片

她会在放学后乖乖等在校门口，司机会准时准点停在她面前，从后备厢里拿出拖鞋，然后蹲下身，脱掉她的系带凉鞋，为她穿上拖鞋，替她关好车门。

她习惯了在众人或惊诧，或不解，或鄙夷的眼光中完成这一系列动作。她也习惯了一个人跟在保姆阿姨后面，看着阿姨打开空荡荡房子里的一扇又一扇门；看着阿姨打开冰箱，拿出早已严格分门别类装在各式盒子里的菜与肉，细心烹饪，取来碗筷，喊她吃饭。她拉开书包拉链，摊开作业和笔袋。到了一定时间，阿姨会安静地上楼，进门，把切好摆好的水果端给她，再次安静地带门离开。她默默在水果上按自己当日的心情挤上不同分量的千岛酱，用叉子一块块叉起，一块块放进嘴里。偶尔，父亲会来个电话，算是例行问候，她一一乖乖答过。

最后她站在了浴室的镜子前，开始一件件地脱衣服。她怕黑，怕鬼，所以总是会打开所有的灯，尔后细细打量自己的身体。她亲眼看着自己的身体从女孩一点点变成了女人。偶尔，她会捧着自己的脸，对着镜子细细端详，懊恼自己长得不够可爱，嘴巴也不够乖巧，留不住父亲匆忙的步伐。

她拧开水龙头，水从四面八方向她袭来，笼罩住她，她觉得短暂的安全了，于是乳粉色的指甲轻轻嵌进光滑的手腕，一点点地加力，直到皮肤由苍白转为淤青，她才肯松手，眼泪恣意砸下来，混着水流，倒也难辨。

如此。很多年。

她依然像任何往常的一天那样，等在校门口。

天色渐渐擦黑，校门口的人群悉数散去，自行车的齿轮，摩托车的马达，小汽车的引擎，高跟鞋撞击人行道的声音悉数远去，道别声，嬉笑声，打闹声，劝诫声渐次消散，最后一切都归于寂静。

她踮起脚尖，拼命向路的尽头张望，想寻找那熟悉的车灯，始终一无所获。她把酸疼的脚后跟轻轻放回地面，垂下头，眼泪要掉下来。

她不是个爱哭的小姑娘，因为她知道哭了也没人看得到，看得懂。但是就在这一刻，不知道是万家温暖的灯火还是大声抗议的辘辘饥肠作怪，她觉得无法控制自己的眼泪了。

“小姑娘，小姑娘！”门卫大叔在唤她，“有你的电话！”

她抬手想要敲门。门已经抢先打开了。

姑姑怜悯地盯着她看了好一会儿，盯得她心里直发毛，叹了口气，扯着她的手臂，把她一把扯了进去。

“阿念，姑姑跟你说件事，你不要太担心。”姑姑弯腰，给她倒了一杯温开水，放进她的手心里。她呆呆地接过，没来由地打了个寒战。

“你爸爸出事了。他涉嫌行贿，被立案侦查了！”姑姑死死盯住她，猛地攥住她的手臂，“你有个心理准备吧，阿念！这两天你可能回不了家了，你家有几套房子已经被查封了！还剩一套，就是你现在和你爸住的这套，姑姑打算帮你卖掉，算作应急用，你没有意见吧？”

她愣了半晌，不敢相信自己的耳朵。以前看到电视剧、电影里，那些受到重大打击的人总是捂着耳朵大叫“我不听！我不相信你在说什么！这一定不是真的！”的时候，她常常忍不住笑出声，觉得他们演得太浮夸，而今当不幸猛地降临到自己头上，她才突然模模糊糊地理解了那种感受。

姑姑涂着厚厚劣质口红的满是唇纹的嘴唇还在喋喋不休，不知疲倦，她已经什么也听不到了。她残余的理智在催促她快点儿开口，拒绝姑姑的一厢情愿，那是她和爸爸妈妈有着无数回忆的地方！那不是房子！那是家！

于是她终于尖叫出声，像消防车拉响了鸣笛一般：“不能卖！不能卖！”她的眼泪飙了出来，一瞬间哭成了小喷泉。

姑姑大惊失色，慌忙安抚她：“不卖不卖！没事的啊阿念！别害怕！你爸也不是第一次被查了，很快就出来了啊！只要没大事，出来了你家房子就解封了呗！”姑姑怕惹出更大的乱子，索性信口开河胡诌一气，她怎么可能听不出来？她无力地跌坐下来，失声痛哭。

“你还好吗？”

一只干净纤细的手，腕上戴着 Daniel Wellington 的经典款，是她最喜欢的一个手表牌子。

她抬起朦胧的泪眼，心跳霎时如擂鼓一般。

薛致。

“学……学长……”她慌得站起，一个趔趄几乎快跌倒在地，已经被温柔有力地拽住了。

“罗念？”他挑起好看的眉毛，笑吟吟地打量她。

“嗯。”她点头，慌不择路地想跑，却又不知道往哪跑才能最快离开这是非之地。她暗骂该死，怎么自己平时精心打扮的时候从来不会遇到他，偏偏是这种蓬头垢面、狼狈不堪的样子被他尽数捕捉在眼底呢？

“你有空吗？我们来聊聊天吧，嗯？”他再次出手，轻轻拽住她，温柔地询问。她找不到拒绝的理由，干张了张口，点点头。

相对无言。她一向话少，此刻更是紧张地结舌。

“你刚才，怎么了？”薛致先打破了僵局，关切地看向她。

她用手有一下没一下地拽着地上的杂草，低头，不说话。

薛致从包里拿出一瓶矿泉水，拧开瓶盖，递给她：“你知道吗，我想哭的时候，就会大口灌水，眼泪就会被压进肚子里，流不出来了。你要不要试试？”

她接过，闭上眼，把水“咕咚咕咚”灌进肚里，水团并不冰，一个个很妥帖地滚过她的食管，滚进她起伏的胃里，像触动了神奇的开关，真的止住了她汩汩的泪水。

她笑起来，在阳光下明媚动人：“谢谢学长，我真的感觉好多了。”

薛致也笑起来，忍不住打趣她：“我刚才就在纳闷呀，是谁在这偷偷掉眼泪，哭落了一树桃花呢？”说着，信手拈起地上一片业已凋零的花瓣，放在她蜷曲的膝盖上。她不好意思起来，脸跟着一块发烧，几乎快失去了知觉。

“我收到了你的信和礼物。谢谢你，小饼干很好吃。”薛致认真地看着她，深褐色的瞳仁很清透，“我明白你的心意，谢谢你，谢谢你喜欢我，但是，”薛致在她身边坐下，离她很近，她闻得到他身上干干净净的沐浴露味道。“你真的了解我吗？你喜欢我什么呢？你见过我不为人知的一面吗？我就是个普通人，我也会在夜深人静的时候痛哭，我也会在怒不可遏的时候摔东西、爆粗口，我也会放屁、抠脚、打饱嗝，偶尔也会愤青一下，吐槽一下，写写打油诗，文青一把，矫情一把，你喜欢我什么呢？当你真的透彻地，真真切切地了解我以后，你还会喜欢我吗？”

“会！”她大叫，眼泪夺出眼眶，“我喜欢你的一切！我当然知道你是普通人！因为我也是普通人啊！是，我长得不漂亮，个子不高，皮肤不白，学习不够好，我也不会跳舞，不会弹琴，不会唱歌，但是我一直在努力，努力配得上我心中最好、最优秀的你！你有再多缺点又怎么样？那些都是我喜欢的部分，我不在乎！你觉得我不了解你，那你敢不敢给我个机会了解你？”她喘着粗气，泪流满面，惊讶于自己不知不觉竟把朗清学姐的优点都数了出来，盛怒于她会的那些自己竟然都不会，更懊丧于自己的冲动失言。

薛致第一次认真地看了她一会儿，好半天才闷闷地说：“傻姑娘，你快要中考了啊，什么事大得过中考呢？我等你，等你中考完，我们彼此再慢慢了解，好不好？”

他把一个小物件塞进她的手心，她张开，是一片风干的枫叶，上书一行利落的行楷墨迹：两情若是久长时，又岂在朝朝暮暮。

距离中考四十天。

日复一日地刷题，背书，听课，做笔记，做作业。

她把还未被法院查封的房子分间租出去，每月能收回不菲的租金，拿出一部分交给姑姑，算是堵住了她的嘴，剩下的足够她买需要的学习资料和文具了。她把心爱的及腰长发剪短，这样洗碗的时候就不会遮住眼睛。她去看过父亲，还是像小时候那样乖乖地，波澜不惊地汇报生活和学习情况。父亲看到她安稳的现状，感到慰藉不少，也不多言，也不敢多言。沉默，有的时候是最好的保护。父女二人对坐，细细打量，但求脑海里有个大致轮廓不至互相忘记。

她给自己施加了很大的压力。天知道她多想直升，虽然那并不是什么好学校。

她把那枫叶夹在书里，每天早读的时候小声默念一遍，然后再夹进去。她在模拟考中进步神速，排名以五十甚至一百为单位不断前进。她很长时间没见过朗清学姐了，也顾不上去联系。一切都按部就班有条不紊地进行，像咬合紧密的齿轮，有着令人心安的规律性。

她像往常一样一手往嘴里胡塞着面包，一手把着单车，歪七扭八地骑行在微风习习的清晨，脑袋里循环播放着一首早上刚刚扫过一眼的古诗词，正在心里默默记诵，差点撞上前面的一对男女。她一面惊呼“抱歉抱歉！”，一面满怀歉意地抬眼。

薛致和杜朗清，还有他们十指相扣的手。

两个人看到她，都有些尴尬，杜朗清先抓住了她微微颤抖的手臂，艰涩地张了张嘴：“阿念……”

一向爱干净的她惊慌失措地把面包甩在地上，惊慌失措地蹬上车，没命地向前骑去。她越骑越快，在拥挤的车潮中横冲直撞，一连有好几辆起床气和路怒症并发的汽车司机摇下车窗破口大骂，但是她顾不上那么多了，趋利避害的生物本能催促她赶快逃离。直到看见一家刚刚卷起卷帘门的小店，店主还在呵欠连天，她把单车甩在地上，拿起一瓶矿泉水，哆嗦着手，把硬币摔在瞠目的店主桌上，“咕咚咕咚”灌起来，她逼着自己的眼泪下肚，很明显失败了。

薛致骗了她。这混蛋骗了她。真正想哭的时候，喝水根本压不住这该死的眼泪啊。

离中考只有四十天了。他不是不知道中考的重要性，但是他亲手毁了她。他是她全部的精神支柱和学习动力，但是现在，他轻轻抽走了叠垒乐[1]里最关键的那根木条。一切都轰然倒塌了。

她丢了魂般骑向学校，无法抑制地大笑出声。父亲出事以来，她从未觉得自己一无所有过，但是此刻，她觉得自己变成了不折不扣的穷光蛋。

她把满满一杯真心水洒在了他身上，可惜真心错付。他不是没有时间了解她，也不是真的挂牵她中考的成绩。他只是没那么喜欢她。

她更恨她。嫉妒已经升级成了恨。她知道自己深陷受害者心理，然而她压根无法自拔。她早早没有了母亲，弟弟被过继给姑姑、姑父，和自己毫无感情，父亲眼下刚刚锒铛入狱，她又马上就要中考了，重重压力之下，唯一的精神支柱就是薛致，他支撑着她学习，支撑着她生活。她分明记得，她不止一次在她面前兴高采烈地说起薛致的种种花边新闻，她不可能不知道，她喜欢他。何况，她们相遇时，她眼中的慌乱，也分明透露出她的做贼心虚！

罗念在心里默默说："杜朗清，我们再也不是朋友了。"

项毅一直觉得奇怪，外婆的咳疾是连年的旧病了，但怎么就会突然恶化了呢？

更奇怪的是母亲的态度。知道外婆去世的消息后，母亲只是眼眶红了红，再没更多反应。她越来越沉默，越来越沉心于工作。这让彼时的项毅完全不能理解，也越来越疑心。

东集区很大，但振光路并不长。母亲所在的办公大楼是这条路上唯一的标志性建筑物。这也是那天他为什么能如此顺利找到母亲的原因之一。他推测，既然能这么顺利地找到母亲，应该也能同样顺利地找到那个当年和母亲一道来宁市闯荡的同乡。他一定知道些什么。他

---

① 叠垒乐：一种玩家轮流在叠好的木塔上抽出木条，直到木塔倒塌的益智游戏。

当然知道找到这个人，就是问母亲一句话的事，但是孩子气心理作祟，让他打算自己一个人寻找一番。

机会很快来了。

母亲打电话给生意伙伴的时候，总是操着一口流利、干脆的普通话，很好听。项毅耐心地等，等到母亲终于操起了家乡话，便知道是打给老乡的，马上竖起耳朵来听，听清了他们见面的时间、地点。

这一天晚上，母亲穿戴漂亮，步履款款地踩进装修奢华的餐厅。项毅在餐厅外面苦等，等得昏昏欲睡，终于看见母亲和老乡肩并肩有说有笑地出来了，二人在餐厅门口依依不舍地道别，母亲向左转，老乡向右转，项毅紧张地盯着母亲，又瞟向老乡，生怕母亲发现他，又怕把老乡跟丢，如此大费周章，终于挨到母亲离开了自己的视线，急忙拔起腿向也快离开自己视线的老乡赶去。

老乡见到他，一脸讶异，但最后还是认出了他来："小家伙，你怎么来了？"

他直勾勾地盯住老乡："我来找您，没别的事，就是问您一句，我妈当初究竟做了什么？为什么我外婆一得到我妈的消息，病情就恶化了？"

老乡看了他一会儿，叹了口气，摩挲了一把他的脑袋："你啊你，真的要知道吗？你可不要恨你妈啊，小子。你妈在这宁市的深水里浸淫了这么多年，好不容易混出个名堂来，她做出这样的选择，就是想为她的事业再添一把柴罢了，无可厚非……"

他恶狠狠地把老乡的手打掉，大吼一声："我妈到底做了什么啊？你倒是说清楚啊！什么选择？"

路人纷纷侧目，老乡有些尴尬，讪讪地收回手，没好气地说："你这小子，真是没良心，我顾着你，怕你太难受，不肯告诉你，你倒好！好啊，那我就告诉你！你妈前段时间面临升职，她还有个竞争对手，两个人势均力敌，都是商海里的浪里白条，能干得很！奇怪就奇怪在这了，有天晚上，你妈在董事长办公室里待了一晚上，这升职的事啊，就莫名其妙地成了！我估摸着，你外婆就是听到这个，一下子接受不了，就给过去了！你也老大不小了，自己好好掂量掂量吧，找机会啊，好好劝劝你妈，我这个外人可不好插手你们的家务事！”

他的脑袋嗡嗡作响。他已经不是小孩子了，他当然清楚老乡话中话的潜在意味。他一直知道自己的母亲生得美丽，眼波流转，顾盼生辉，也清楚自己一出生就没有父亲，不是死了，不是离婚，就是没有。至于为什么没有，他问过外婆和母亲，两个人皆避而不答。屈辱、恼恨、悲伤，种种复杂情绪涌上心头，他恨不能撕开眼前这个肮脏腐朽的世界，看清楚里面的花花肠子。

为什么？为什么是我？

最大的一笔生意终于谈妥，母亲包下了宁市最大酒店的一个豪华包间，打算一干人好好庆祝一番，顺便喜迎新年的到来。

他站在一旁，端详着母亲的动作，端详着母亲一件件地挑着合宜的晚装和首饰，在梳妆镜前哼着小曲试配、调换，端详着母亲绾起头发，点缀上雅致的发饰，端详着母亲往耳后和手腕上点上香水，端详着娇小的母亲龇牙咧嘴地蹬起十厘米的高跟鞋，挽上包，直到端详着母亲转过身来，奇怪地与他对视，端详着他。他扯扯脖子上的领带，向母亲挤出一个皮笑肉不笑的笑容。

新年的钟声敲响，众人都是在商场浸淫多年的人，早已生出深厚的革命情谊。酒酣耳热间，人们歪歪斜斜地举着杯子，四处敬酒，东倒西歪地说着胡话，倒也和乐融融，一派欢愉，很有个过年的样子。项毅寂寞地看向正和董事长敬酒说笑的母亲，她的眼眸和酒窝里盛着笑意，盛着满得快要溢出来的火花和幸福。项毅知道母亲是一等一的美人，这一点，从他初谙世事，通过自己面前的镜子便已经知道。

董事长无意间瞟向他，向他挤挤眼，招招手道：“唷，玉芹，那是你儿子吧？小帅哥，快过来呀！”母亲也向他含笑招手，他当作没看到，拎起桌上的酒瓶，给自己的杯子满上，径直走到包间靠门的一块空地上，打了一个响指：“大家都静一静，静一静啦！我有几句话要说！”

众人对他的身份早有耳闻，纷纷安静下来，端着杯子，或倚或站或坐地注视着他。项毅也不废话，举起杯子，大声说：“今天是我妈公司的大喜之日，又恰逢新年，我身为我妈的亲儿子，有几句祝词送给我妈！”

“好！”大家噼里啪啦地鼓起掌来。

项毅笑：“我从小就没爸，他不是死了，也不是和我妈离婚了，就是没有，就没这个人的存在。我很小的时候，为了给我创造更好的生活条件，我妈毅然决然甩下我和外婆，一个人来到宁市闯荡，如今混得也算小有成就，我为我妈高兴，为我妈骄傲！”言罢，把酒一饮而尽，向下甩甩，算是示意众人自己喝得一滴不剩了，又走到台前，再次满上。

众人听得这话，有些讪然，忙不迭看向母亲，母亲也只是以一种言不真、道不明的笑容看着儿子，将冰凉的红酒一点点倾倒入喉。

“我妈顺利升迁，同时搞定了一笔这么大的项目，我由衷地敬佩我妈，一个女人，孑然一身在这么大的城市里打拼，还扛起了一片天！我想在座的各位男士，换作你们，恐怕也不一定做得到吧！我说的对不对？”项毅再次举杯，仰脖，将酒倒入肠胃，干笑起来。

众人面面相觑，不知项毅这葫芦里卖的什么药，也不敢妄作附和，都拼命灌自己酒，以避开尴尬。

项毅再次满上，举杯，酒精上脑，俊秀的面颊已有了三分醉色，董事长伸手要拦，被母亲轻轻挡下：“我和儿子多年未见，的确有很多体己话还没来得及说，今天儿子难得有这么多话想和我这个当妈的说，我很高兴，我很高兴……”母亲呢喃着，看不够一般细细凝望着他。他一时动了恻隐，心中那簇火苗寂寂摇摆着，渐渐明亮起来，却在瞥向董事长轻轻揽在母亲腰际的右手时彻底熄灭。

他轻咳一声：“我和我妈这么多年没见，我有个礼物想送给我妈。”他伸手，从西裤口袋里掏出一个小玩意，穿过众人的目光，一步步坚定地走向母亲，轻轻拍在桌子的显眼处，好让众人都看个清楚。“妈妈，这是我送给您的礼物。希望您‘性福’的时候，不要忘了外婆，不要忘了做人的本分。”

母亲微微发抖，盯着那个小玩意，恨不能盯穿它，然后目光上移，停在他轻佻的笑脸上。

一个避孕套。他把外婆的一寸遗照粘在外包装上。紧紧地。

“项毅，你这是做什么？”母亲很少叫他大名，从小都是。她虚弱地扶着桌子坐下来，漂亮的画了眼妆的杏眼始终粘在那个烫手的小玩意上。

良久的沉寂。

“我做什么？我做什么？多年前你把我丢在外婆家，自己一个人偷偷跑掉，我说过什么？外婆说过什么？这么多年了，在我心里，你早就不是我妈了，你就是一个会吐钞票的机器！我就外婆一个亲人，就一个亲人！她含辛茹苦地把我拉扯大，没过过一天好日子！你呢，你做的什么混蛋事？是，你现在人模狗样的！但是！你是凭自己的真本事混出来的吗？你是吗？”他言到激动处，不知怎么想的，举起酒杯，哗啦啦地把酒倾倒在母亲头上。

母亲闭着眼，任酒液混着泪水淌在脖颈上，半晌，空洞地说：“你什么意思？你明说，项毅。我要求你明说，你什么意思？”

“我什么意思？”酒精的作用已经上来了，项毅的脑袋渐渐支配不了嘴唇的动作了，但是他的心出奇地清醒，“我没什么意思，就是看不惯你和这个老男人偷情，借这个老男人……上……位……”最后两个字，项毅凑在母亲面前，一字一顿地挤出来。

母亲大惊，大怒，她大吼一声，一巴掌甩在项毅脸上，霎时隆起了五个指头印：“你……你再说一遍……”

“我说。”酒精的作用让他冲上云霄，项毅开始有些站不稳了，头晕目眩，胃里阵阵翻腾。他厌倦了这狗血的人生。他想伸出手，把电视的按钮关掉，“我说……我就是……看不惯……你和这老男人……偷情……借这个老男人……上位。”

他再支撑不住，仰躺在地，呼呼喘着粗气，渐渐什么都看不清，听不清了。

他做了一个很长很长的梦。梦里，母亲和他一起穿过一个很长很长的隧道，他牵着母亲的手，跳着，蹦着，笑着，母亲穿着那身香香的有着好闻的太阳味道的天蓝色连衣裙，裙裾飘扬，拂过他的脸颊。风不知什么时候终于停了下来，裙裾终于离开了他的视线，他仰头看向母亲，却惊慌失措地发现，母亲早就不见了，他已经站在了隧道尽头，而母亲还在原地默默看着他，身形小小的，看不清面容。

他是被一瓶水浇醒的。醒来的时候，睁开眼，看到的是董事长咬牙切齿的扭曲的脸。

“你这个脑子里不知装的什么糨糊的小王八羔子，你听好了，你妈妈死了。你妈妈……死了……”董事长也学着他的语气，一字一顿地在他耳边轻轻念。

他疯跑出去。

红色的警笛，白色的布，担架，满地的大片大片的血迹，淤青的脚踝。哭叫，斥责，唏嘘，扼腕，破口大骂，指指点点，窸窸窣窣，喇叭声，警戒线，救护车。

母亲四十岁，母亲永远四十岁。她像一只轻盈的花蝴蝶，不声不响地从酒店的顶层飘落。

DAY 10
巨网

陆颖合被囚禁的第十日。

唇环男生掐掉吸了一半的烟，用力摁在陆颖合脸上，烟灰的余温在娇嫩的脸颊上噼啪作响，散出焦煳的味道。

陆颖合痛得，捂着脸颊尖叫号啕。

“不如，我们再玩个好玩的？”说着，他兴奋地看向何立。

何立会意，向白衣墨镜女孩招手，接过抛过来的眼罩，麻利地给陆颖合戴上。众人掏出各自的烟盒，一支接一支的吸，吸几口就拔下来，夹在手指间，一轮下来，所有人的手指间都几乎夹满了烟杆。几个女孩子适时上前，开始扒陆颖合的衣服，陆颖合挣扎，但奈何人多，自己眼睛被蒙住，四肢被控制，压根失去了招架能力。

何立轻轻打个响指：“烫她的名字。”

陆颖合在黑暗中大惊，还未来得及反应过来，暴露在空气中的肌肤已经感受到了钻心的疼痛，自四面八方将她层层包围。她忍不住大叫出声，却因动弹不得而只剩哭泣的权利。

再醒来的时候，已是下午。

陆颖合疲惫了，凌虐她的一帮人也疲惫了。唐语琳、梁智武都因为已离开学校数日而惶惶不安，其他辍学的社会青年们也都厌倦了这周而复始的“游戏”，想着草草结束。何立一人，始终叼着烟，盘腿坐在角落里，不声不响，态度不明。

游戏玩到最后，大家都不知道该如何收场。他们想放陆颖合离开，但又怕她出去以后会将这一切公之于众，左右为难，渐渐生了最可怕的恶念。

何立揪着陆颖合的衣服：“如果放你走，你会怎么样？”

陆颖合平静、坚决地保证：“和外界的人说，我厌倦了学习和课本，出去旅行散心了。”

“用用脑子！用用脑子讲话！”何立用力扯起陆颖合的头发，“谁不知道你是好学生？会厌倦学习和课本？你想玩花样？想死吗？”

陆颖合眼角跳了跳，只是顺着他使劲的方向偏头，微微减轻疼痛，好让自己能清晰冷静地回答：“我有用脑子。我有中度抑郁症，我的家人都知道，我很早就起了厌学的念头，逃课有一段时日了，我的班主任也是知情的，用这个理由合情合理。而且你们绑我来这里那天，太阳已经落山，巷子里的人都去看露天大电影了，没有人看到你们的所作所为，这一点你们可以放心，不然警方早就找上门了。现在我已经不想去猜测你们这样对待我的动因，我只希望你们能送我回家。”

众人都再次陷入不语。该不该相信她？

何立像是想起了什么似的，拉过梁智武，在他耳边私语了几句什么。梁智武点头，离开。再回来，手上多了一部诺基亚。

“用这个。现在和你家人联系，别使花招。不然我们会先搞死你，进去蹲几年，出来再搞死你家人。听懂了吗？”何立歪着嘴邪邪地笑，拿出刀子，顶在陆颖合腰腹间。

陆颖合轻颤，双手接过手机，扣在耳边。电话还未接通，眼泪已经摇摇欲坠。何立微笑，用刀子使劲抵住了她，陆颖合感受到了刀尖冰凉的温度和刺痛感，转瞬强行收起了不小心袒露的脆弱。

“喂？哪位？”爸爸疲惫的声音响起。

陆颖合把电话拿远了一些，用力吸干净鼻子里的鼻涕，完美地掩盖好鼻音，然后轻轻贴近电话：“爸爸，是我。”

电话那头传来粗重的喘息。很久，很久。

“孩子，你到底在哪里呀？你知道这段时间我们找你找得多艰难吗？”爸爸说到激动处，像个小孩子似的“呜呜”哭起来。

陆颖合内疚极了，恨自己无能，害得父母为她提心吊胆。

“对不起……对不起……爸爸……”她泣不成声。她已经不怕那寒光闪闪的锐器，此刻她只希望能给电话那端的爸爸哪怕一丁点儿的告慰和力量。何立把刀子放了下来，抽出烟盒，拈出一根烟。

“你怎么样了啊？回家吧，我们都等着你回家呢。”爸爸低低地念叨。

陆颖合眼神定定地看向阁楼外的那一小方天空。

“爸爸，你们不要担心我，其实我什么事儿都没有，我只是厌倦了学校，不想念书了而已。我这几天一直在外地散心呢，也快找到工作了，不打算回去了。”陆颖合一字一顿平静地说完，觑向埋头一口一口专注吸烟的何立。

“你！你说什么傻话！”爸爸气急，上气不接下气，“你闹够了没有？我命令你回家！不然打断你的腿！”

陆颖合想起，小时候自己贪玩回家晚了，爸爸也是这样张着巴掌，瞪着眼睛地威胁她：“再晚回家就打断你的腿！”然后转身和妈妈一起手忙脚乱地端出碗筷和饭菜。

此刻她早已泪流满面，再难辩解。只好匆匆一句："爸爸，你再等等，我马上就回家了，我回家那天，还想吃小姨家的东坡肉。"

还未等爸爸搭腔，陆颖合已经抢先摁掉了电话，缩在地上失声痛哭。

她把所有的筹码押上了赌桌。

何立收起了刀子。他恍然想到，不管她出不出得去，他们都已经铸下了滔天大错。反正他在这世上也已经没有什么牵挂，既然一错再错，不如将错就错。

"都过来。"何立轻轻念。

众人围上来，轻轻呼着气，站在何立身边。

"你们怎么看她？"何立抬起眼，挨个观察众人的神色。

沉默许久。

唇环男生率先打破了一潭死水："哥，你怎么看？"

何立缓缓将右手的五根手指并拢，比在咽喉处，一划。

众人瞬间失色："使不得啊哥！那不是犯罪吗？"

何立抑制不住地捧着肚子大笑起来，笑到脖子上青筋虬结，笑到眼泪鼻涕流了一脸："那我们之前做的事难道就不是犯罪了吗？你们当我傻吗？真刀真枪地干啊？自然有神不知鬼不觉的办法。"

不约而同的笑意成为浮出水面的鲨鱼鳍，在浑浊的空气里暗暗散播着未知讯息的信号。

是夜。陆颖合从一阵头重脚轻中醒来。

该死，又被下了药。她用力托了托向下垂坠的、沉重的脑袋，努力睁大眼睛以适应周遭环境暗淡的光线。

什么也没有。再次睁大眼睛，看向四周，还是什么也没有。

所有人都消失了。她因为过于紧张而发出沉重的呼吸声，在黑暗的空间中碰撞出去，反弹回来，罗织成网。

手腕处有紧绷的感觉，她挣扎了一下，感受到了绳子的束缚。她低下头，检查了一下全身，还好，这帮人只是把她的手固定在了椅背上。

她停了一会儿，大脑终于开始运转，肾上腺素开始飙升。她意识到这是一个绝佳的逃脱机会。她右手去努力碰触左手腕的表，想把手表弄到地上看时间，才觉察手表已经被摘下，这是与世隔绝的第多少天，几点几分，她无法知道。她只能从头顶黑黝黝的天色判断出大致的时间。

这些人去了哪里，她不想知道，但是首先她必须确定这些人真的离开了。她的眼睛已经适应，于是再次搜寻。阁楼很大很空，角落堆叠的衣服堆显然藏不了人，除此之外，只剩满地的泡面碗，快餐塑料盒，空酒瓶和烟蒂，还有大摊大摊的排泄物。

她试着屏住呼吸，竖耳去听。只有窗外缱绻睡去的鸟雀偶尔发出的一星半点儿的声音，连平常常听到的车驶过的喇叭声、引擎声都消失殆尽。

她暗暗放下心来，试着用脚带着椅子磕磕绊绊地走向桌子。她知道桌子上放着用来凌虐她的黄色胶布、眼罩，以及剪刀。

椅子的四腿在寂静的深夜与阁楼的地板磨擦发出尖厉的声音。她吓得停下，心跳加速，竖起耳朵拼命留神外界的动静，依然一片死寂。她鼓起勇气，再次向前挪动，巨大的噪音吓得她再次停下，竖起耳朵。再次挪动，停下，竖起耳朵，周而复始。如此反复了多次，不知花了多长时间，憋闷得出了一身大汗，才终于挪到了桌子边。

她费力地背起椅子，用力扭着身子，想尽各种办法去够剪刀，始终失败。她停了下来，猛然想起了自己被解放的双腿，喜不自胜地弓起腰，运气，用力，没命地去够，眼看剪刀快到手了，她忽地感受到重心在急速后移，还未来得及反应，她已经连人带椅子重重摔在了地面上。

剧烈的痛楚自身下传来，她疼得欲哭，但是她已经走到了悬崖边缘，别无选择，只剩一条路。

她仰躺在地，好一会儿回不过神来。她闭上眼睛，忍不住掉下眼泪。她至今不知道自己做错了什么，被带到这里忍受了这么多天非人的折磨，而伤害她的人，都是她身边的同学，还有一堆她不认识的社会青年。夜夜痛心，她不甘，不懂，不能理解。她不认为面对真相，沉默才是正确的选择，她觉得，真相面前，人就是缺乏面对的勇气，所以真相才永远被埋没，难见人世。

休息了一会儿，她觉得好多了。凭借着良好的舞蹈功底，她翻滚在地，蹬着桌子，跪着借力，硬是立了起来。这回她学聪明了，用其他更稳妥的角度去够，终于把剪刀踢了下来。

她屏住呼吸，瞪大眼睛，小心翼翼地用脚趾去捞剪刀，但是转念一想，觉得不行，无论怎么样，剪刀都无法传到手上，更别提割开绳子。想要解脱绳子的束缚，必须另想办法。

她继续四处打量，发现了角落挂衣服的落地衣帽架，最底下的挂钩不高不矮，处于一个很合适的高度。她蹬起椅子，用力移动过去，抓住了挂钩，把绳套往上反复蹭，终于，奇迹发生了，绳套有了松动的迹象！她用力挣扎，渐渐地，左右手有了活动的空间，她扭曲着身形，反复调整、尝试，直到双手一松。

她甚至来不及哭，也不敢花时间哭。她压抑着越来越快的心跳，颤抖的手指停在门把手上。不行，她转念一想，又多了个心眼。万一门外的人正趴在门上听她的动静呢？她跪下来，趴在地上，想从门缝向外望。

没有脚，什么也没有。一切都在暗示她想太多了。

她闭闭眼，深呼一口气，旋开了门把手。

一瞬间她的心跳再次加快。楼下三三两两横七竖八地躺了一些人，空气中弥漫着浓烈的酒气，看样子他们刚刚拼了一场酒。有人咕哝着梦话，有人不时翻了个身，发出低低的鼾声。她微微放下心来，缩起脚尖，轻轻放在台阶上。一瞬间脚底与台阶发出磨擦的声响，她惊恐得几乎要晕厥，但是所幸什么也没有发生。

好半天，她回过神来，继续向下一步步挪去。这是她这么多天以来第一次离开那个狭小的阁楼。她一面贪婪地大口呼吸着阁楼外所谓的新鲜空气，一面哆嗦着继续向下挪动着。她的每一根毛发都紧张地向上竖起，拼命帮她搜集着来自外界各个角落的危险讯息，当然始终一无所获。

她顺利到达了大门。

她的手指颤抖着搁在冰凉的金属把手上。她隐约觉得哪里有不对劲，但是说不出来。

她暗暗咬牙，痛骂自己的多疑慎微，用尽全部气力狠狠扭下门把手。

门锁在静谧的深夜里发出一声轻微的“咔嗒”声。她惊得本能地扭头，又暗暗放下心来，呼吸声依然平稳，满地的酒瓶和烟蒂依然静静躺在地上。似乎什么也没有发生，也什么都不会发生。

她打开门，屏住呼吸，踮着脚尖，轻轻阖上门。门锁再次发出一声轻微的“咔嗒”声。

跑！

她光着脚，不敢回头，只敢沿着小路没命地飞奔。有种无法抑制的恶心的感觉向外喷涌，心突突突地跳着。

她不知道自己跑了多久，跑了多远，跑到精疲力竭，眼前昏黑，小腿似乎有铅球捆绑。

她软软地跪倒在地，手心无力地撑起全身的重量。路面因白天的余温还未散尽，摸起来暖乎乎的。她觉得后背发凉，莫名地发凉。刚才那种不对劲的感觉一直萦绕在她的心底，久久难以散去。

然后，那一刹她突然想起来了。

落地衣帽架的挂钩是金属制的，按理说，触感应该和大门的门把手一般，是冰凉的，但为什么当时她试图用挂钩去松脱绳子的时候，碰到的那个挂钩是暖乎乎的呢?

因为那根本不是什么所谓的挂钩。

而是人的手指。

不是挂钩蹭松了她的绳套，而是有人帮她解开了她的绳套。

人在高度紧张的情况下，便会忽略一些主观上认为无足轻重的细节。

她的记忆高速运转。

然后她看到了，看到了那个衣帽架后面的，不知道何时躲在那里的，藏在层层衣服后面的，眼睛!

惊骇像潮水一般袭来，将她层层裹卷。她吓得差点儿要吐出来。

她想要歇斯底里地尖叫，但是很遗憾，所有的血液都跳脱了她声带的命令，转而争先恐后地奔涌向四肢。她不受控制地狂奔起来，跑……跑……跑……

她不知道跑了多久，跑到双腿不听她使唤，乳酸堆积到肌肉里，发生不可避免的痉挛，她终于跑到了路的尽头。

是海。

这是离宁市不远的一个小岛，但是离得不远这个概念也仅仅是相对于船只的航程来说。

她望向小岛对岸的大陆，绝望地跌坐下来。

蓦地，她想起了什么。

船。他们带她过来，一定有船。她慌慌张张地沿着岸边跑动起来，开始寻找船的影子。没有，没有，始终没有。

她绝望地恸哭，甚至不敢哭出声，呜呜咽咽中，有人的脚步声踩上了她哭泣的节奏。

她惊惶得渐渐只留啜泣，她不敢完全停下来，怕对方查觉她已经发现了，但是她知道自己必须降低音量，才能听得清对方的动静。

脚步声却停了，似乎有人停在她身后。

她不敢回头，只能继续尽量专业地伪装哭声。一边哭，手指一边在地面上断断续续地摸索着，寻找防身的锐物。

她辨出来对方的呼吸在完美地循着自己的喘息，但是为什么，为什么他始终不动手？

思虑之间，她的右手抠到了地上的一块尖锐的石块，用用力，竟然是松动的。就是现在！她停止了哭泣，并在那一瞬间抠出石块，转身向那个影子狠狠砸下去。

砸空了，什么人都没有。

她紧张地举目四顾，依然没有看到那个想象中的人。

她捂着自己的心口，软软地坐了下来，大汗淋漓到衣襟都湿透了，痛哭失声，继而痛骂，大笑，痛哭，痛骂，大笑……反复不已。

她弄不明白这一切是怎么回事，她不知道自己做错了什么。

她无知无觉的脚带她回到了这片魔窟。

她无力地闭上眼，敲敲门，等待着对她的新一轮虐待与戏耍。

沉寂。

她试着推门，发现门是虚扣上的，轻轻一推就开了。

她刚刚安放回肚子里的心再次加快了跳动的频率。

她捏紧手心里的石块，做好了和门后的恶敌决一死战的准备。

门渐渐大开，但是什么也没有。满地的酒瓶、烟蒂等残骸依然静静横陈在客厅的地板上，只是那群醉汉不见了。

她慢慢上楼，步履维艰。她不知道自己为什么这么做，但是显然她已经别无选择。她不可能不依靠水上交通工具离开这个小岛，与其盲目地逃跑，不如把最后一线生机寄托在爸爸身上。

她知道他们都在门后，但是她不知道等待自己的会是什么。

她又一次站在了那个小阁楼的门口前面。怠倦充盈着她的四肢。

她推开门去。

空空如也，依然没有任何人。

她试着去摸墙上的开关，电是断的。

她已经摸不着他们的套路了，一面在屋内盘旋，一面大声说："出来吧。真的，这样没意思。"然后她大步走到衣帽架那里，撩开厚重的衣服堆，举起手中的石块。

她以为自己要与意料之中的那双眼睛对视了，但是她再次落空，根本没有人。

她自嘲地勾起嘴角。她自嘲自己的多心，自己吓自己。也是啊，这么小的空间，这么明显，如何藏得了人。

一个通宵的自我折磨后，她真的累了。

下肢一直异样地难受，她几乎快跪下来。用手轻轻去按摩疼痛的膝盖，手心里湿黏黏的。她凑着初露的曙光仔细打量。

血。

哪来的血?

她赶快扫视自己的身体。掀开裤管，浓烈的血腥味扑鼻而来。

她终于明白自己逃跑时下肢的异常感是怎么回事了。那并不是正常的乳酸堆积。她看到了森森白骨上挂着的一缕一缕的腐肉。伤口已经大面积溃烂，而她甚至记不起来自己什么时候在哪里受的伤。

她慌得把裤管匆匆盖上，无措得像来初潮的青涩小女孩藏起自己染血的床单一般。

她用手背胡乱抹擦着脸上混着血污的眼泪和鼻涕，却怎么也擦不完。她无助地四处张望，想找张纸，最后只能抹在自己的裤子上。她一向整洁，这是昔日的她宁肯憋着眼泪也不会这么做的事，但是此刻她真的太累了，只想好好哭一会儿。

她颓顿地坐下，因为哭得专心，好半天才感受到身下的粗糙。

她哭得眼睛都肿得睁不开，打起精神去辨认，才发现是报纸。再往远处一扫，才发现满地都散落着报纸。她无意间瞥到报纸的内容，竟是关于她的。

一行加粗黑体大字，头版头条。

“十六岁女孩放学离奇失联 父母一夜急白头。”

她的眼泪流得更多更快了。快速浏览完这条报道，她扑向下一张。

“失联女孩事件继续发酵 父母面对民警下跪痛哭。”

她捂着嘴，因缺水而干裂蜕皮的手指艰难地抚摸着照片上爸妈下跪的佝偻身形。爸妈似乎一夜间苍老了很多，也瘦小了很多。

报道最后，是母亲托记者写给她的话。

“孩子，快回家吧。咱巷子打算等你回来，再补放一遍那部你没看上的电影。”

她哭得肠胃抽搐成一团，连同她的心。

她该如何穿过这薄薄的纸张，告诉母亲，她可能回不去了。

她疯了一般膝行在地板上，翻找着地上的报纸，翻看着一条又一条的报道。血流不止，溃烂不堪的小腿在地板上拖出血痕，有的印在报纸上，有的印在地板上，断断续续，触目惊心。

她不知道自己看了多久，翻了多久。看着和自己有关的消息从头版头条到豆腐块，不断缩小着面积，像被洗衣机洗坏的毛衣。

于这个信息泡沫时代，任何人都无法在涡卷旋流中长时间地停留。只有父母会时时刻刻挂牵着你，把你的任何鸡毛蒜皮的小事看作比天还大的要事。

然后她看到了最后一张，也是最新的报纸。

“失联女孩依然寻找无果 母亲发病抱憾离世。”

世界安静地消逝了一切声音。

她没有力气哭了，眼泪似乎在一瞬间流干了。

“哥，这样真的好吗？总觉得这样不行啊。”梁智武担忧地看着蜷缩在地，不断抽搐，口吐白沫，说着胡话的陆颖合。

众人都沉默着，沉默着、欣赏着这个癞头小丑接近满分的表演。不，简直是本色出演。沉默着看着她攥着一张旧报纸，闭着眼号啕，偶尔爆几句粗口，偶尔狂笑咒骂，口角沾满了湿淋淋的涎液，满身满屁股的排泄物，腐烂的小腿发出阵阵恶臭，蓬头垢面，脏乱丑陋，哪里还有当初镁光灯下的惊艳模样。

他们在陆颖合连日来的饮食中下了一定剂量的致幻药物，在长日的积累中催生了一场陆颖合自编自导自演的幻觉，并活生生将她逼上绝路。

一旁的白衣墨镜女孩和耳洞女孩一左一右勾住唐语琳的肩膀，嬉笑：“怎么样，N姐，满意了吗？简直大快人心吧！”

唐语琳轻轻甩开左右两只布满文身图案的胳膊，兀自盯着地上那个既熟悉又陌生的人出神。

她的目的终于达到了。但是为什么，此刻她并无一丝一毫的快感。

DAY 11
书娟

一九九九年。

宁市变态性质校园暴力案件引起举国轰动。当警方力争客观还原案件真貌时，人们沉陷在久久的悲痛和难以置信中，无法将缜密残忍的作案手法和几个本应天真无邪，无忧无虑的少年联系在一起。少女陆颖合，品学兼优，目睹一起坠楼案，本能地选择报告校方，却反遭一帮少不更事的同龄少年集结了一批社会青年，将其囚禁数日，期间对其进行了非人的折磨与凌辱，手段丰富残忍，脱衣殴打，用相机拍照，喂其变质的饭菜，用油漆在其身上书写侮辱性话语等，令人齿冷难言。女孩被发现时，浑身血痂新旧交替，有湿有干，油漆已经干涸在细嫩的皮肤上，屎尿沾满全身，神智早已不太清醒。这些肇事者，东窗事发时只哭叫称自己“还是孩子”，一开始并不想做得这么绝，是陆颖合一直在步步紧逼，不断激怒他们。

人骨子里的恶，有时就像汽油遇到火一样，具有摧毁性、蔓延性的破坏力量。

陆颖合母亲的离世所受到的舆论聚焦甚至超过

了陆颖合，但它无疑成了陆颖合事件迅速发酵的关键性因素。涉案的主犯少年们在东窗事发之时就被打入监牢，人们苦于找不到一个可供批判的对象用以抒发自己心中的正义感，于是正值壮年就已高坐市教育局局长位置的梅爱群自然首当其冲。一时宁市连续爆发了几次大规模的游行声讨，要求梅爱群出面和他们当面对质。昔日庇护他的办公室成了心惊胆战的危室，午饭后打个短暂小盹的他，都会被砸在后窗玻璃上的臭鸡蛋、烂西红柿惊得跳起来。他清楚，这一回自己恐怕难辞其咎。梅爱群早早失去父亲庇护，亦没有身居官位的兄长手足或是亲朋协助，一步步走到今天，全靠的是自己。官场里错综复杂，盘根错节，对于有些人来说，是相对安全的蛹壳子，对于有些人来说，却如危崖，分分钟便会失足坠落。

最终梅爱群等来了革职处理的报告。报告还在审批，只等手续办完，但是这事自然是板上钉钉的了。

知晓消息的那刻，他的头发一夜花白。他不知道自己究竟做错了什么。一个走惯了平顺康庄大道的人，猛地被路边凸起的石块拐个趔趄，是可以拍拍裤腿上的土，快速爬起，但这块石头实在太大，大到成了命中注定的一堵高墙，一面难以攀越的峭壁，怨怒，愤恨，悲痛欲绝则会摧毁他。梅爱群把自己反锁在屋内四日不食，只靠清水存活。

第四天下午，他正躺在床上气息奄奄，听到门开了，还听到一个在向开锁师傅道谢的熟悉的女人声音。他不用想都知道是郑书娟，也懒得抬眼皮，只是没好气地呛她："你来做什么？"

"哗啦"一声，一盆水浇到了他身上，寒冬腊月，竟然还是彻骨凉的冰水。他惊得从床上弹起，瞬间冻得发抖，牙齿直打战："你干什么？"

"我没干什么。倒是你，你在干什么？"郑书娟同样浑身发抖。

他又躺下，轻叹一声，合上眼皮，甚至懒得去擦一擦脸上的水：

“书娟，我明白你的心意，但是你走吧，我只想自己一个人静一静。”

“梅爱群，你清醒清醒吧！你这样作践自己的身体，那些混淆视听的跳梁小丑只会更加幸灾乐祸！你何苦这样！不站起来，就等于你默认了他们的论调！”郑书娟瞪着一双布满憔悴血丝的眼睛，一脸痛意。他们自青年时代相识，相知，相恋，结婚，一起走过多少风风雨雨，任何时候，她眼中的他总是意气风发，运筹帷幄的，这是第一次，她看见他疲惫不堪，心灰意冷的样子。

梅爱群只是不言，脸朝里，看不见是睁着眼还是闭着眼。多年同床梦共枕眠，她何尝不明白他的意思，默默擦掉眼泪，把托盘里热乎乎的小米粥，大白馒头，还有几碟清爽可口的开胃小菜在床侧的茶几上一一摆好，带上门轻手轻脚地出去了。

他的眼泪这才放心地掉了下来。微微转首，香味四溢的饭菜还隐隐氤氲着热气。

他想起来多年前看过的一个怪谈，说海中有无底之谷，名为“归墟”，为众水汇聚之处，潜水的人坠落进去，不是因氧气生生耗尽而死，而是在坠落的过程中被活活饿死的。他在昏昏沉沉中便做了一个同样古怪的长梦，梦见自己坠进这归墟中，四周是无边无际的黑暗，他伸出手去，却看不到自己的手指。但是他并不害怕，也不担心，他只是有些孤独，想着自己就要这样永远坠落了，没有一个说话的人，没有一件能打发时间的事。于是他索性任自己坠落。他听得到郑书娟在“归墟”的边缘，在他的头顶处声嘶力竭地叫着他的名字，但是他假装睡去，假装听不见。

他不知道自己坠落了多久，反正很久很久。没有光，没有声音，甚至连自己的呼吸都听不到。

“爱群，怎么不回家？”熟悉的问候，声线平稳，连询问时该有的抑扬顿挫都没有。除了父亲，还能是谁。

他的眼泪迅速掉了下来，但是他不怕被父亲发现。因为他知道眼泪会迅速融进海里，消失干净。他终于可以在父亲面前懦弱一回了。

“怎么不说话？怎么哭了？”

他心下大惊，不知道父亲怎么看到，怎么听到的，甚至忘了好奇自己是怎么听到父亲的声音的。

“你不该这个时候来的，爱群，你的仕途才刚刚开始。你答应过我的，要闯出自己的一片天。”

他犹疑许久，梦呓一般。

“爸，我回不去了，我也不想回去。这一跤跌得太狠了，我真的爬不起来了。谁都知道我为了爬到今天的位置，费了多少功夫，动了多少脑筋，殚精竭虑，步步为营，好不容易小有成就，却落得今天这步田地。我不甘心，不甘心啊。”

沉默。

“爱群，你觉得，什么是政治？”

沉默。

“爱群，这个问题的答案，其实我穷尽一辈子也没搞明白。但是我希望你能搞明白。你现在搞明白了吗？搞明白了，就可以跟我走，没搞明白，我要你还是回去搞明白。”

父亲在世，在仕的时候，对下属同僚说话从不提调，亦不瞪眼，凡事不论大小，通通只言简意赅地交代一遍，绝不多言，但是所有人都忌惮父亲。

他和他们一样，用沉默回答。

“政治已经成为我生命中的一部分，我没有悔过。政治场上没有对错，只有成败。”

他坠落的速度在放缓，他觉得很安全。就像很小很小的时候，父亲摇着他的床哄他入睡一般，他明白父亲永远不会离开自己。

“爸，你会一直看着我，对吗？”

“对。”

“爸，那我该怎么做呢？”

“我永远不会试图去叫醒一个装睡的人。那是蠢人才会做的无谓的努力。除非，他愿意自己醒来。”

他有些难过，被父亲误解的难过。

“爸，我没有装睡。”

父亲再没答话。

他的意识渐渐飘远，又飘近。

“俺曾见金陵玉殿莺啼晓，秦淮水榭花开早，谁知道容易冰消！眼看他起朱楼，眼看他宴宾客，眼看他楼塌了！这青苔碧瓦堆，俺曾睡风流觉，将五十年兴亡看饱。那乌衣巷不姓王，莫愁湖鬼夜哭，凤凰台栖枭鸟。残山梦最真，旧境丢难掉，不信这舆图换稿！诌一套《哀江南》，放悲声唱到老……[①]”

咸腥的海水呛入喉咙鼻腔，他开始拼命地咳嗽，吐出海水，肺里终于挤进了新鲜空气，他猛地抖了一下，回到人世间。

睁开眼，又是白花花的墙壁，白花花的天花板，还有挥之不去的浓烈的来苏水的气味。

郑书娟把一双漂亮的杏眼哭肿成一对桃子，口角因着急上火燎出一圈泡。

他高烧数日，昏迷不醒，郑书娟吓得快要找他去。他长叹一声，闭上枯涩的双眼，口中喷出干焦的臭气。他知道自己活过来了，因为

---

① 出自清代文学家孔尚任创作的传奇剧本《桃花扇》结尾《余韵》中的一套北曲《哀江南》第七段，曲牌名为《离亭宴带歇指煞》。

他看到了光与影，听到了声，闻到了味。

郑书娟抱着他的脖子，哭得上气不接下气。其实他们已经不再年轻了，都是即将奔五的人了，但是在他面前，她表现得还是一个小丫头的样子，外人眼里她是不苟言笑的局长夫人，在他心里，她永远十八岁。

他伸出酸软无力的手，轻轻拍着她的脑袋，算作安慰。

她呜呜咽咽，听不清楚。

几日来的阴霾似乎烟消云散了，他有些好笑，伸出手轻轻摸着她的脑袋："好了，你在说什么？"

郑书娟肿胀着漂亮的眼睛，看得他内心深处一片柔软，像年轻时初相恋那样。

"你以后可不能再这样了……咱们不稀罕这局长……好不好……爱群……你别再为这事着急上火了……该来的挡不住，该去的咱也留不住……那咱索性别留……我二弟在平市混得还行，你是知道的对吧。你放心，他已经在平市最好的重点高中给你谋了一个副校长的位置，那老校长也不年轻了，没几年就退休了，到了那边你好好干，他的位置就是你的。等那革职报告正式审批下来，咱就顺水推舟地走掉，我弟弟说了，平市虽然不及宁市发达，但也是个高考大市，抓起教育来是国内出了名的严。这平市一中每年输送的清北名额几乎占了全省的百分之四十，平市的现任教育局局长就是平市一中的老校长！你去了那边，努力和他处好关系，又有我弟弟照应着，上下脉络再疏通疏通，还怕达不到原来的高度吗？都是椅子，咱这把坐坏了，大不了换把更好的，你说是不是这个理……"

郑书娟虽说是工人家庭出身，背景平平，但幸在有两个争气的弟弟。梅爱群的父亲虽然在文革时遭到批斗陷害，但文革前大小也是市粮食局的局长，手里牢牢管着宁市老百姓的饥饱，在那个论出身的年代，郑书娟的家庭还是和他家差了一截的。但是他根本不在乎这些，他欣赏郑书娟的聪慧，风趣，识大体，他觉得这些品质才是根本的，毕竟他是要和一个人过一辈子，不是和一个家庭过一辈子。也因此，他没有选择走捷径，娶余芳敏，做当年上级的乘龙快婿。和郑书娟处对象时，他本着爱屋及乌的心思，对郑书娟的家人们都一视同仁，吃的穿的都和自己的母亲、姐姐一样，两家人都是知书达理、和和睦睦的家庭，日子过得和气。郑书娟的弟弟自然也对这个姐夫打心眼里感激，觉得单纯善良的姐姐也算是此生有所依靠，于是在平步青云以后，不用郑书娟怎么提点，也总是暗中帮衬着梅爱群。这次梅爱群不慎跌跤，郑书娟的弟弟们就这样神奇地在关键时刻起到了力挽狂澜、扭转乾坤的作用。

他微微笑起来，放心地再次睡了过去。她总说他是她的山，她没有他不行，可是他从没说过，没有了她，但凡遇到风雨，山恐怕也只会碎成一摊石头渣子。

革职报告正式审批下来，他搬离了与自己朝夕相处的办公室，迎着众人的唾弃和白眼，看到她穿着清清爽爽的驼色大衣，戴着小巧的珍珠耳饰，在门口等他，纷纷扬扬的大雪和她冻得红彤彤的脸相得益彰，她就那样在漫天大雪里站得笔直，一脸恬淡的笑意。

他们简单收拾了行李，在宁市最大的一场雪中悄然离去。她说过，不用带走太多东西，该舍弃的必须舍弃，丢掉不好的，才腾得出位置迎接更好的。

诡谲的声音猛地插进来，以轻佻的语气说道："你真的至今都以为你妈妈那天晚上是和董事长偷情？你妈妈是借董事长上的位？"

项毅喃喃，坐在原地，深陷记忆的漩涡而难以自拔："我不知道，不知道……"

“你这个愚蠢的孽子！你妈妈那天晚上，是和董事长争论新项目！你以为你妈妈的公司一直都是顺风顺水吗？那时候，正值公司最不景气的时候，已经快撑不住了！全靠你妈妈那个铤而走险的主意，还有董事长的拼死一搏，才力挽狂澜！”诡谲的声音大笑，“你简直痴蠢至极。你怪你母亲这些年不关心你，不照顾你，未尽到一个母亲的责任，你可有尽到一个做儿子的本分？当她失意落寞的时候，当她一无所有的时候，她想的还是你，她的钱夹里到死都装着你儿时的照片！她独身这么多年，终于遇到了自己的心上人，两人两情相悦，堂堂正正，磊磊落落，而你，生生毁掉了这一切。”

项毅捂住耳朵，跪倒在地，无力地嘶吼：“闭嘴！闭嘴！不要再说了！我什么都不想听！闭嘴！我什么都不想听！”

诡谲的声音冷笑，继续：“你可又知道那老乡是什么东西？他自己就是他口中的那个你母亲的竞争对手！他是分公司的副总，你自然没有见过他，他眼馋你母亲的位置很久了，使尽各种手段都没有得到，你觉得他能轻易咽下这口气吗？你母亲念在同乡旧情，还和他保持联系，而他在你面前极尽抹黑你母亲之招数，你又知道多少？”

他终于崩溃，“砰砰”用手掌击打着地面，失声痛哭：“不！不是这样的！不！不是这样的！你！你究竟是什么人？”

诡谲的声音笑着说：“我不是什么人。放心吧，我是局外人。我只是在努力讨回我要的东西。我只是在努力讨回你，你们欠我的东西，欠这个女孩的东西。”

人生能有几个二十年，但是他做到了。他再次做到了平市教育局局长的位置，虽待遇不及宁市，但也算优厚。至少他有把握可以给予他和她一个不错的晚年了。曾经生命中那堵看似根本无法僭越的墙，早已随着时间流逝不知不觉地坍塌，碎为齑粉。

四十年红宝石婚。儿女们悄悄为他俩准备了一个惊喜，为他们精心布置了一场典礼。现场并不奢华，儿女们明白老两口的心思，一切从简，但处处用心，背景，音乐，照片，地毯，座位，宴请的宾客，陈席的饭菜，无不透着二人相濡以沫四十年的脉脉温情。

她再一次为他换上洁白的婚纱，他老泪纵横，不能自已。

她一向爱漂亮，这么大岁数了，依然是一个体面的老太太，不画口红坚决不出门，走出去路面还能带得起风，不熟识的人们都笑言她一定没有五十岁，她乐得依偎在他怀里，一笑便露出粉色的牙床，伸出大拇指和小拇指，可爱地摇晃两下："其实我都六十多啦！"

现在她就这样亭亭玉立在他的面前，隔着四十年的光阴。

他伸出手去："你是我永远的姑娘。"

她笑，也伸出戴着及臂白丝手套的手来。

他牢牢地攥着她的手，隔着手套都能触到她冰凉的手心和指间粘湿的汗，忍不住打趣她："小丫头，是不是紧张了？"

她只是笑着端详着他，似乎怎么也看不够。

他有些纳闷，挤出一个老不正经的嬉皮笑脸："怎么不说话呀？跟你老伴还有啥害羞的？"

她依然静静地笑着，看着他，似乎怎么也看不够，面色如玉。

她在众人的惊声高呼和纷至沓来的脚步中缓缓倒下，在他的瞳孔里缓缓倒下，直到镜头拉长成了一辈子。

处理完郑书娟的后事，大女儿和小儿子都提出要接他到自己身边长住，他摆摆手："我知道你们是担心我一个人在家会胡思乱想，会难过，但我现在只想和她待在一起。这几天事情太多了，就让我好好清静清静吧。"

他用钥匙打开门，换了衣服，洗好手，才推开二人的卧房。

床头放着她最近在重读的《飘》，她年轻时的理想型就是书中风流倜傥的白瑞德，为此当年的他还吃过醋，和她拌过嘴。她爱惜书，不肯折页，用旧挂历纸剪成书签标记阅读进度。书的封面上放着她的老花镜和面霜。面霜是女儿给她买的，知道她越老越爱俏，买了个套盒回来给她，哄着她高兴，光这个小小的面霜，听说就得几百上千一罐儿呢。她当时一看到这精美的包装就皱起了眉头，一迭声地叫："我的乖乖，我这老皮老脸了，哪里用得上这么金贵的擦脸油，能不能退啊？我们年轻的时候啊，有个雪花膏就不错了。"女儿忙笑着安慰她："妈，您就放心吧，公司搞活动，有这个牌子的现金券，抵扣下来，这一套才几十块钱！"她终于不再说啥，美滋滋地拆开套盒，揭起里面保护用的硫酸纸，老花镜拉到鼻梁上，手指戳着瓶身的说明一个字一个字地念，笑容要咧到耳朵根上。

他常穿出去买菜的那件衬衫，被她洗得干干净净，熨烫得平平整整，有好闻的香皂味道，就挂在门后面，方便他拿取。他抱着衣服，抱了一会儿，感到有什么硬硬的东西硌着他了，赶快用手一掏，原来是胸前的两个口袋里装满了东西，有坐公交用的老年卡，速效救心丸，玳瑁老花镜，还有一点儿零钱。

他打开衣柜，她的衣服一件一件整整齐齐地码好，和往常一样。她到老都是个爱干净、爱整齐的老太太，没有一刻闲得住，净忙着收拾了。小孙女跳着脚打趣她，奶奶是处女座！他们俩对着大眼瞪小眼，什么是处女座？

摸到衣柜最下方，摸出来个木盒子，他一时愣住，想不起来这东西是哪里来的，打开时才发现，原来全是年轻时二人处对象的时候写的信件和纸条，都被她细心地码好理好放在盒子里。

展开，一张已经泛黄了，边角都有些卷边脆折，是当年两人恋爱时自己写给她的小纸条。

书娟领导：

周末想和你去人民公园走走，恳请批准。

爱群

另一张纸条上书着熟悉的清丽笔迹。

爱群同志：

我批准了。

书娟

摘自梅爱群在红顶密室写给郑书娟的信——

书娟卿卿如晤：

带给你的大白兔奶糖可吃掉了？好不好吃？不够的话记得和爱群说，下次见面，再给你多带点儿。

今天我读了一首诗，写得很好，令我难释手，好不喜欢。读罢细细品味，不禁落泪。想把它分享给你，聊表思念。

Remember the day I borrowed your brand new car and dented it
记得那天，我借用你的新车，我撞凹了它[①]
I thought you'd kill me，but you didn't
我以为你一定会杀了我，但是你没有

① 该英文诗是一位不知姓名的普通美国妇女写的，她的丈夫在女儿4岁时应征入伍去了越南战场，从此她便和女儿相依为命。后来，她的丈夫不幸阵亡，她终身守寡，直至年老病逝。直到她去世后，女儿整理遗物时才发现了她写的这首催人泪下的情诗。

And remember the time I dragged you to the beach
记得那天，我拖你去海滩
And you said it would rain, and it did
你说会下雨的，结果真的下了
I thought you'd say, "I told you so." But you didn't
我以为你会说“我告诉过你”，但是你没有
Do you remember the time I flirted with all the guys to make you jealous
你还记得我和所有的男人调情好让你嫉妒的那天吗
And you were
而你真的嫉妒了
I thought you'd leave, but you didn't
我以为你一定会离开我，但是你没有

Do you remember the time I spilled strawberry pie all over your car rug
你还记得我把草莓派吐得满车都是的那天吗
I thought you'd hit me, but you didn't
我以为你会打我，但是你没有
And remember the time I forgot to tell you the dance was formal
记得那天，我忘了告诉你那个舞会是要穿礼服的
And you showed up in jeans
而你穿了牛仔裤到场
I thought you'd drop me, but you didn't
我以为你会弃我而去，但是你没有

Yes, there were lots of things you didn't do
是的，有许多的事你都没有做

But you put up with me, and loved me, and protected me

但你容忍我、爱我、保护我

There were lots of things I wanted to make up to you when you returned from Vietnam. but you didn't

我想好了，等你回来，我要为你做很多事情作为补偿，但是你没有

书娟，我很想你。

永远爱你的爱群

2019年秋

DAY 12
国徽

来到红顶密室的第十二日。

秦征正站在一楼餐区的阳台上发呆，陈逸添走到秦征身边，分给他一支烟。

秦征一惊："你的烟哪里来的？还有，你怎么知道我抽烟？"

陈逸添笑笑："烟是外面带来的，我碰巧带了两包，这几天抽得很省，晚上压力太大，实在睡不着的时候，才拿出来抽。至于你吸烟，其实很好判断。你的指甲边缘有被烟熏黄的痕迹，牙齿发黑，还有咱俩是隔壁房间，有时顺风的时候，我能闻到从你房间飘来的烟味。"

"不是还有……"

陈逸添打断秦征："我很早就确定了徐娣和罗念的房间。"

秦征愣住，接过烟，熟练地用手微微拢着火苗点火："不错啊这个烟！"

陈逸添没接话，伸出胳膊撑在阳台的防盗窗上。

"你就打算认命了吗？一直待在这里？"

"没什么好着急的。每天好吃好喝的，我感觉这日子还可以。虽然电脑连不上网，但是打个字还是可以的。我打算出去以后，把这段经历写成系列报道，或者整理成纪实文学，效果肯定不错。”秦征深深吸了一大口，眯起眼睛，“我相信你不傻吧？这故事听到今天了，你还没懂这个破黑箱子里的人想干吗？你如果不傻，你肯定早就猜出来他想干吗了，你如果猜出来了他的动机，你就不会慌张。出肯定是出得去的，只是时间早晚而已。”

陈逸添的呼吸突然急促起来，转身，死死揪住眼前这个总是笑眯眯的笑面虎。

“你既然也猜出来了，为什么能做到这么淡定？你是人吗？你有心吗？”陈逸添的眼球开始慢慢充血，他左右看看，确定没有人跟过来，才压低声音，咬牙切齿，“你以为边缘便意味着万事大吉吗？你懂我的意思吧。雪崩的时候，没有一片雪花是无辜的！”

秦征把烟头丢在地上，用心地、有条不紊地用脚尖扭一扭，然后挤出一丝玩味的笑容：“如果真的是边缘，为什么会这么慌张呢？”

是夜。电话铃猝不及防地响起。

师父于凌晨三点四十一分去世。死得很蹊跷，夜间起夜没披外套，着了凉，打了几个喷嚏，人就猛地倒在了地上，师母吓得跑到厅里叫救护车，回来的时候师父已经不行了。

彼时，只有二十七岁的陈逸添在电话旁缩起身子，缩成一小团，以婴儿的姿势笨拙地给予自己安慰，眼泪止不住地滑落。师父师父，一日为师，终身为父。当年师父带自己一点点入行，摸索，学习，一步步做到今天的位置，人人都认为陈逸添一定可以顺理成章地继承师父的金衣钵，毕竟有传言说他是师父最得意的弟子。但是陈逸添不这么想，他还是更乐意做师父身边的得力助手，细细看着师父专业又仔细地做着手上的活儿。他知道自己有一天一定会离开师父，单枪匹马地闯荡，但是此刻，他还是更喜欢依赖在做事时总是温和、沉静的师父身边。

由于父亲的早亡导致的父爱缺失，陈逸添骨子里阴柔的成分自然而然就扩大了不少比例。成年后，他慢慢形成了心软爱哭、瑟缩胆小的性情，师父其实很是受不了他这些无伤大雅却有些恼人的小毛病，不止一次地批评他成不了气候，可是一转身，依然指着死者或者伤者身上的部位给他看，耐心地讲解。

他第一次见师父，紧张地浑身发抖，完全说不出话来。师父流露出些许无奈，摇摇头，从背后的书柜间抽出一个文件夹："把里面的资料整理了，大概看过，心中有个头绪，下午和我去鉴定一个工伤求助人。"

他喏喏接过，中午咬着面包，钢笔在资料上又画又点，用小夹子分门别类地夹好，递还给师父的时候，师父明显愣了一下，再抬头，眼里已经有了赞许的光。

其实，师父一向喜欢他的耐心认真，谦逊老实，觉得这是做一个好法医的本分。师父常说，做事不可昧着良心，做人更是这个道理，心里要永远装着那枚国徽，牢记自己的责任。师父花白的头发总是用桃木梳梳得整整齐齐，一双遍布老年斑的手也时常洗得干干净净，工作的办公桌也拾掇得清清爽爽。师父太正了，因为正，师父的光芒未免被埋没良久，难被发掘。他曾经替师父着急过，但师父只是平静地小口吮着杯中的茶，微笑着不言。

如果说师父是陈逸添的第二盏指路明灯，那么母亲就是第一盏。

现在第二盏灯已经熄灭了，陈逸添不能允许第一盏灯再熄灭。

然而命运弄人，有时候我们越是拼命想维护一些稀薄的光亮，命运偏要一口将它吹灭。

陈逸添和母亲相依为命多年。家里条件不好，母亲一个人将他拉扯大。陈逸添懂事得早，念书很用功，倒也没怎么让母亲操心。

父亲死于矿难。办理父亲后事的那段时间，陈逸添还小，懵懵懂懂尚不知事，只会哭，是父亲生前的工友用自己的血汗钱拼凑出了做白事必需的费用。母亲心善，为了回报工友们，在家门口附近支起了一个小食摊。开始只是做点煎饼，馒头，素馄饨，油条一类的早餐吃食，日子久了，见工友们的午饭晚饭也总是饥一顿饱一顿的，索性连着做上后面的两餐。几块钱的代价，就可以吃上美味的辣椒肉末，鱼香茄子，火腿炒西蓝花，肉当然是廉价肉，但好歹有点儿油星。只是形成鲜明对比的是陈逸添自家餐桌上清汤寡水的饭菜，小小的人儿未免心生不满，母亲只是爱怜地摸摸他的头，往他碗里夹青菜豆腐：“孩子，你爸的工友对咱家的恩情大过天，咱们不能吃水忘了挖井人呀，咱们委屈一些不算什么。我相信，你爸在天上看着，也是打心眼里为咱娘俩做的事高兴呢。”

父亲的工友们不傻，哪里体察不了他们这位老嫂子勒紧自己裤腰带也要报恩的一片心情？一开始也是屡屡婉拒，后来慢慢就接受了她无声温厚的谢意。人心总是相互的，逢年过节，购置年货，走亲访友时，大家总是不忘陈逸添和母亲，有时送些腊肠、熏肉，有时是粽子和月饼，有时是一些不穿了的厚实的旧衣物，件件让自家媳妇熨得平平整整送过来，方便他们过冬。

不成文的默契就这样维持了下来，年年月月。

母亲身体一直硬朗，直到一天清晨起床，再一次准备择洗工友们吃饭的菜时，突觉右肋下绞痛难忍，一屁股坐到了地上，半天动弹不得。大家发现后，手忙脚乱地将她送去医院，一纸诊断书打下来，竟已是肝癌中晚期。晴天霹雳一下打进还算安稳长大的陈逸添的人生，他丧失了所有信念，日日酗酒度日，以泪洗面。现在，他完全不知道怎样留住这生命中最后的一盏灯，只剩逃避。他的工资刚够解决他和母亲的饥饱冷暖问题，根本没有余力去挽救母亲。他需要钱，需要很多很多的钱维系最后这一盏灯的光，但是钱从哪里来，他不知道。那段时间，除了照料母亲，更多的，他选择藏匿在床上，把自己封锁在被子下面，哀哀恸哭，百叶窗缝隙间的天色一点点从亮转暗，直到与百叶窗浑然一体。他在被子下面瑟缩发抖，将自己抱得更紧，聊以慰藉。他无法想象当那盏灯熄灭，会发生什么，他会怎么样。

第十二日。

夜深下来。一群人结束了一天的残忍闹剧，嘻嘻哈哈着下楼去吃宵夜。

陆颖合躺在冰凉的地面上，失去了最后一点儿力气。她甚至不敢抱抱自己，因为到处是溃烂的伤口和青肿的皮肤，浑身上下几乎没有一块完整的皮肉。

母亲的死亡已经让她彻底心死，她已经无欲无求，索性任她们摆布。

唐语琳，白衣墨镜女孩，耳洞女孩和条纹上衣女孩留了下来，围着赤身裸体的陆颖合继续作恶。她们将买来的五彩缤纷的颜料倒在她身上，美其名曰“艺术品”。

白衣墨镜女孩上前，两手握住她的两只峰丘，做出不堪的动作，剩下的三个女孩高兴地一边大笑，一边对着她们拼命拍照。陆颖合已筋疲力尽，任她们摆布，像没有上发条的玩偶。

最后的最后，几个女孩也玩累了，一屁股跌坐在地上，大呼过瘾。

几个人点着了烟，星星点点的火光照亮了她们年轻麻木的脸颊，大写着满脸的无所谓。

陆颖合起身，正准备去角落里拿衣服。几个女孩再次伸手，想要拽住她的头发，开始新一轮的游戏，被陆颖合一个转身躲过。怨愤终于像点燃了的炮竹一般，在昏暗中噼啪作响，将之前的万念俱灰一扫而空。陆颖合拿起了角落的拖把，打算和女孩们背水一战。离她最近的穿条纹上衣的女孩见状，第一个扑上来，陆颖合眼疾手快，俯身捡起地上的一团垃圾向女孩掷去。女孩本能地闭眼闪躲，陆颖合趁机揪住了她的头发，使出浑身的力气把她往地板上推搡，女孩毫无防备，直挺挺地跪在了地板上，钻心的疼痛足够她一时半会儿嚣张不起来了。

陆颖合心下微微定下来，光着的脚狠狠蹬向左边两个陷入愣怔的女孩。两个女孩阵脚大乱，向后闪开，求助般地看向唐语琳。唐语琳终于反应过来，伸出脚来踹向陆颖合的面门，但被她机敏地躲过。陆颖合顺势抱住唐语琳的脚腕，向后一扯，唐语琳顿时失去了平衡，仰躺在地。陆颖合也因为用力过猛，生生掰下了她的一只鞋子，跌坐在地。

忽然陆颖合的瞳孔迅速放大，不敢置信地，绝望地，死死盯着唐语琳的脚，又不敢置信地，绝望地，把目光缓缓上移，盯住了唐语琳口罩上方墨镜后面的眼睛。

唐语琳仿佛想起了什么，触电一般将脚缩回，开始向后小步挪动着倒退。

陆颖合步步紧逼，忍着身体和心双重撕裂一般的疼痛，最后一次欺骗着自己，呢喃自语："不……不是……不……不是……"

三个女孩被这局面吓得愣在原地，也不敢妄自行动。

只有唐语琳最终被逼得顶到了墙上，如梦初醒般站起，想要逃开，已经被高她小半脑袋的陆颖合一把扯下了墨镜，摔在地上。

陆颖合盯着那双似曾相识的熟悉的眼睛，那双此刻终于不再虎视眈眈地喷着嫉妒的怒火，而是摇摇欲坠地流露出怯弱的眼睛，涕泗流连。

她伸出手来，轻轻摘下已经浑身僵硬的唐语琳脸上的口罩，梦呓一般，轻轻地，轻轻地，唤她“阿念。”

沉默像坠入深海归墟的溺水者，几乎没有尽头。

红顶密室里，利刃般目光或轻，或重，或快，或慢地扎向罗念。人们在耐心地等待，等待她的反应。

而她此刻只是静静地凝望着木地板之间拼接的缝隙，认真地出神。

“阿念，今天闲着没事，我给你涂涂指甲呗？”

“好呀。”

“咦，你这脚底是怎么了？”

“哦，这个呀，这是我娘胎里带来的胎记呀，朗清学姐你看，是不是很像一只翩翩起舞的蝴蝶？”

“嗯，是很像呢。”

“哈哈，我妈一开始还想给我起名‘罗蝶’呢，被我爸嘲笑了一通，说她太俗气，最后还是给我起了单字‘念’，就是希望我做什么事都能‘念念不忘，必有回响’。”

“多好呀，有了这个胎记，我怎样都能找到阿念啦。”

念念不忘，必有回响。

我终于找到你了，我终于认出你了。但是当我摘下你所有的伪装时，你也脱光了我所有的衣服，也揭开了你我之间所有的点点滴滴。

念念不忘，必有回响。

二十余年我夜夜噩梦，被良心折磨，被抑郁凌迟，我以为我终于摆脱了你，也摆脱了我的一手血腥，但是我最终还是兜兜转转回到了原点，回到了这场永远不会剧终的梦魇里。

杜朗清正是他和师父共事时的最后一位求助者。当时，杜朗清的父亲到公安机关开具伤情鉴定委托书，找到他和师父，请求鉴定杜朗清的伤势以作出庭的证据。

第一次见到杜朗清，他和师父不仅仅是被她遍体的斑驳伤痕所震惊，更是被她那双空洞无物的眼神所震撼。那是怎样的一种眼神。她已经流不出泪来，甚至连绝望的情绪都消失殆尽。那双眼仿佛已经看破一切，除了没有尽头的麻木。

依循规定流程和检查标准，他和师父马不停蹄地开始了鉴定客体伤势的工作。手指和眼睛越是一寸寸阅读这个年仅十六岁少女的身体，越是没有一处不触目惊心。

淤青，沉淀在皮肤以下。掌掴、脚踢造成的撞击性伤痕。被扯落头发的头皮还在渗出丝丝血迹。眼窝深陷，眼眶青肿，肿出几个小指指头那么高。昔时漂亮五官的界限已经模糊不清了。下体淌着初结的血痕，下肢部分皮肉流脓、溃烂，露出森森白骨，粘连着细细的血丝和青绿的筋络。初愈的刚长出新鲜红肉的伤疤依然残留着皮肉翻卷焦煳的气味，残留在女孩的整个生命中。杜朗清的父母为这颗掌上明珠起名“朗清”，希望她的生命天朗气清，一直和和美美的，但是一九九九年像锐不可当的大刀一般，一路气焰嚣张地砍进她原本晴空万里不见云的人生。灾难降临到人的脑袋上的概率通常只有百分之几，千分之几，甚至更小，但是当它真真正正降临到你的脑袋上，概率将是百分之百。百分之百的概率被杜朗清撞上了，于是从此她的生命轨迹彻底改变了。

杜朗清已经辨不出人来。嘴角淌下白白的涎液，龇牙咧嘴地傻笑，笑一会儿，又抬起那弹过钢琴的手，纤长如葱管一般的手指微微合拢，捂住自己面目全非的脸颊，呜呜地哭起来。甚至那哭泣都算不上哭泣，因为面部神经遭到严重损害，她的哭泣接近皮笑肉不笑，如果不是泪水在举证哭泣，人们甚至怀疑她其实在笑。熟识的人们，但凡忆及她昔日灿烂娇羞的笑容，皆心痛难言。又也许，她真的在笑，笑造化弄人，笑命运可鄙。

杜朗清的哥哥本是个目若朗星，阳光健谈的小伙，然而连绵的涕泣几乎毁了他那双和杜朗清一模一样的漂亮眼睛，眼皮肿成两条透明的蚕，晶莹发亮。他牢牢抓住妹妹的手，不时用随身带着的小毛巾替妹妹擦去嘴角的口水和眼角流出的干涩泪水，手指轻轻抚摸过她湿漉漉的发丝，滚烫的眼泪砸在她白皙的手臂上。杜朗清目瞪口呆地瞪着哥哥，一脸的不快，用力抹掉手臂上的水珠，然后开始大哭大闹，尖叫连连，喉咙间发出愤怒的野兽嚎叫一样的声音，在床上扭滚个不停，哥哥见状只是默默流泪，一言不发，忍着心中绞痛，依然不愿离开愤怒得全身竖起刺来的妹妹，手心一次次轻轻抚摸着她的前额，直到她情绪稳定下来，沉沉睡去。

是夜。师父和陈逸添交接了简单的分工后，一前一后在办公桌前坐下，开始分头草拟杜朗清的伤情鉴定报告。陈逸添的眼睛注视着自己隽逸工整的字迹在白纸上流畅斜行，脑子里却开始开小差，若有若无地响起了白日里的电话铃。

“我知道你母亲已经病入膏肓了，但是还有希望。我还知道你没有钱，你根本拿不出给你母亲治病的钱。”平静，镇定，胜券在握的一个女声。

他看向来电显示，是公共电话亭的电话号码。

对方显然有备而来，很聪明，反侦查能力极强，做事滴水不漏。

“你想干什么？”

“如果你愿意和我合作，我将向你支付你一笔不菲的费用，足够支撑你母亲关键阶段的诊疗费用了。”

对方耐心地听着陈逸添焦躁的喘息。

“你希望我怎么做？”

脑子里杂念太多，他怕写错字，泄气地甩掉笔，脑袋往后一靠，看向雪白的天花板。办公室里很静，挂钟玻璃反射着头顶吊灯的光线，他眯起眼睛半天还是看不清数字，只听见走针“嗒嗒”的声音。

“师父？”他轻轻提调，看向师父头顶中央快消失的发旋。

“嗯？”师父继续娴熟地写着报告，头也不抬。

“师父，以前和您好像从来没有聊过，怎样才能做好法医呢？”

“小陈，你这个问题一言难尽，简单一点儿概括吧，就是四个词——公正、博识、胆大、心细。最重要的是，心中始终要装着那枚国徽，你就不会轻易忘记自己肩上的责任了。你的责任是啥？就是让死者瞑目，让生者安心。”

“师父，您从业这么多年了，从来都不曾忘记那枚国徽吗？”

“当然。”

“师父，如果我忘记了，我就不是一名合格的法医了吗？”

“当然。”

“那如果，我是迫不得已呢？”

师父的钢笔凝住了，墨水无声地滑落，在纸张上聚成一个小墨点，又渐渐洇散。他转过头，看向身后的陈逸添，目光深得似一口上了年纪，有了历史的老井。那是一双父亲的眼睛。陈逸添恍惚间觉得，如果父亲尚在，肯定就是这样看自己的吧。

“孩子，不管你出于什么样迫不得已的原因，既然你选择穿上了这身衣裳，就不该轻易脱下，既然你已经把国徽放进了你的心里，就该让它在里面乖乖生长，生根发芽。”

他垂首不语，避开了师父炙热的视线。

师父也不为难他，回转身去，继续写着那仿佛永远写不完的报告：“逸添，你是不是遇到了什么困难？说出来，我会尽我所能帮你。师父帮不了的，有师母，师母帮不了的，还有很多师父认识的人。办法总比困难多，但人的良知和正义有限。遇到天大的困难，即便想要解决它，也应该用正道上的法子去解决，你明白我的意思吗？”

他“嗯”了一声，把手头的案册和纸张翻得“哗啦啦”地响，装作继续手头的工作一样，半晌发出了闷闷地一句：“师父，您别担心我了，我啥事也没有，啥困难也没有……”

“你母亲的病怎么样了？”

他一惊，不自觉地一抬头，正好对上了师父如炬的目光。师父已经写完了手上的材料，起身倒了杯开水，一边吹着，一边小口小口吮吸着，镜片上起了白蒙蒙两片雾，他一下子看不清师父的眼睛了，立即万分紧张起来，心“扑通扑通”直跳，快要跳出喉咙口。

“您放心，正在顺利治疗中，母亲的病况稳定了很多，这几天吃得下一些稀粥了。”其实他撒了谎。母亲的病每况愈下，几个月的工夫就暴瘦成了纸片人，头发大把地掉，什么都吃不下，疼起来就呕吐不止，满床打滚。但是师父一家已经伸手帮忙了太多太多，和所里的同事、朋友、领导几乎快要在母亲的病上捐款了小十万，师父自己手头也没有多宽裕，他实在不忍告诉师父，那些钱远远不够补上这个大洞。

师父点点头：“能吃下饭了是好事，钱不够用了随时跟我说，我还可以帮你想办法。”

头顶的一盏白灯成了这个夜晚唯一的见证人。

料理完师父的后事，又招呼完师弟、师妹，把师母送上车，他在殡仪馆门口双膝一软，眼前一黑，就什么也不知道了。再醒来，他已经被搀扶到了休息室里，周围工作人员都已离开，只有一个陌生女人站在他身边，脸上架着一副大墨镜，嘴上戴着又宽又大的口罩，完全辨不出眉目。

“小兄弟，你母亲的病再不治就无力回天了，你有什么打算吗？”女人看他醒了，走近他。他对气味敏感，捕捉到她身上的风带过檀香、蜂蜜、可可、玫瑰的味道。见他没反应，女人摇摇头，打开坤包，从包里掏出一个支票簿，扯下一张来，开始在上面填零，然后龙飞凤舞地签上自己的名字，递到他眼前。

他咬着唇，那些数字在失焦的视野里打旋，黑洞洞的，要下起雨来。他紧闭上眼睛，努力让自己忘却杜朗清那双空洞的，支离破碎的眼神。

“我同意。”

他不知道女人是什么身份，但他知道女人的出现是一场及时雨。后来，他的事情办得很漂亮，女人为了感谢他，甚至还帮他找到首都最大的一家肿瘤医院的专家，又出钱送他和母亲坐飞机去看病。

这是他长这么大以来第一次坐飞机，当他真正腾空于这座城市的头顶，看着楼厦、人流、车流都尽数归于脚下，缩小成小小的火柴盒和蚂蚁，他突然悲从中来，慨叹人的渺小。他反复在心里自我宽慰，他也只是沧海一粟罢了，被命运的激流裹挟着踉跄向前，乱了自己的方寸。他有错，但确确实实错不由衷，他从来没有想过主动加害于谁，他拿了那么多钱，但没有拿去花天酒地，他是为了治好母亲的病。只要恶念不是主观制造的，那就不属于恶的范畴吧！那就没有逾越正义和良知的边界吧！这样想想，他的心情舒坦了不少，转头，母亲正歪在靠背上睡着，因初次坐飞机分外紧张，两只手在睡梦中都不忘死死撑着把手。母亲的手心布满了老茧和蹙缩的老皮，摸起来粗糙不已，陈逸添握住母亲的手，像握住了针脚粗劣的手套，有一种潦草的暖意。血管暴突出来，撑开手背上薄薄的皮肉，于是竟连手背上的针孔都连带着撑大了几圈。

飞机继续向前飞去。

DAY 13
色欲

不同的人大都嗜好不同，有不同的瘾和癖。有的人嗜烟，钟爱烟草的气息；有的人嗜酒，迷恋酒精的口感；有的人嗜书，深陷油墨的芬芳；有的人嗜性，离开了性爱便疯魔不成活。秦征是最后一种人。

他十四岁开始对自己的身体产生兴趣。这本来很正常，任何人在一定的年龄段都会对自己的身体产生兴趣，但是他一开始就错在没有用正确的手段满足自己的兴趣。

中国的大多数教育场域对于青春期性教育这个课题常常是讳莫如深的，所谓的生理卫生课总是在老师的尴尬咳嗽声，台下男生的起哄声，台下女生心慌的翻书声中草草结束。了解、学习性本是一个再正常不过的事情，但是部分保守的中国家长和老师总是惯于将它视作荼毒未成年人的洪水猛兽。当它礼貌地敲门时，人们死死抵住门，生怕它一言不合破门而入，殊不知围墙内被保护的孩子们却因为好奇它究竟是何方神圣，放着正门不走，绞尽脑汁翻墙。如果走的是正门，想必孩子们还可能会将它视作客人，和它客套寒暄，满足了自己的好奇心后就会乖乖回家吃晚饭，但是偏偏这些自以为正确的成年人做出了如此不正确的举措，逼着一些孩子翻上围墙，于是难免有不幸之辈失足坠落，再也爬不起来。秦征又是其中之一。

秦征的父母不知道怎么回事，生秦征之前怎么都怀不上孩子，且不说千奇百怪的中药灌了多少碗，各路亲朋从犄角旮旯里搜罗出来的偏方土方试了多少，光是宁市大大小小医院的门槛就都快被他俩踏破了，也搞不清楚问题究竟出在谁身上。眼见着半只脚就要迈进知天命的光景，两个人反而慢慢转变了心态，不再像原来那样火烧火燎地焦急，相反竟然慢慢做好了终身无子的心理准备。到了这个岁数，他们生不出孩子的事已经变成了众所周知的“秘密”，两人也早就无所谓他人滚烫烫的目光在自己身上一遍遍地熨了，虽然偶尔还是会遗憾从来不曾体验过儿女膝下承欢的快乐，但是转念一想，人生哪里可能处处圆满呢？冥冥命数，自有天定。这样想着，两个人便慢慢释怀了。

一个下雨的夏夜，家里突然停电，秦征的母亲一个人在家，慌忙去卧室里找蜡烛、火柴。经过狭小的床和衣柜之间的空隙时，因为黑灯瞎火的什么也看不见，她一个趔趄，险些摔倒，手不自觉地撑了一下柜子。奇怪的事发生了，黑暗中，她只觉得有个冰凉柔软的东西轻轻握住了自己的手腕。她大惊，张口欲喊，几乎要吓得晕厥过去。但是毕竟多年来信仰唯物主义，她骨子里并不相信鬼怪的存在，于是心一横，战战兢兢地抬起眼，想看清究竟是什么东西抓住了自己，才发现竟是衣柜门上贴了多年的送子娃娃，依然像往常一样笑意吟吟地骑坐在肥硕的鲤鱼上，只是这一回他分明伸出了一只小手，在一片刺眼的金光中握住了她的手腕。聪明如秦征的母亲，虽然霎时间瑟瑟发抖，但还是顿悟老天的旨意，膝盖一软，立刻匍匐在地，对着送子娃娃拜了再拜。说也奇怪，等到她再次抬起头来，送子娃娃身边的一圈金光早已消失，屋子里又恢复了黑暗，仿佛刚才的一切只是她的幻觉一般。

秦征的父亲一回来，母亲就慌忙把这件奇事告诉了他。两个人迅速把备孕一事提上日程，当月月底，终于在她绝经前，赶上了延续老秦家香火的末班车，如愿怀上了秦征。孕期里，母亲小心翼翼地呵护肚子里的小秦征，顶着剧烈的妊娠反应，硬是往肚子里拼命地塞牛奶、鸡蛋和鱼肉，难免加剧孕期的妊娠反应，常常是这边吃完那边吐。难受得实在不行了，母亲便摸摸自己的肚皮，想想不行，还是得继续，不然肚里孩子的营养跟不上怎么办呢？就这样艰难地挨过了孕期，来到了临产前一夜。这一回，她做了个梦，梦见一个带把儿的大胖小子光着屁股坐在地上，手上扯着一块女士手帕，手帕上姹紫嫣红，各色花朵争先恐后地怒放。她在剧痛中惊醒，才发现阵痛已经开始了。

秦征父母给他取名单字“征”，是希望他一生能干大事，闯大业，南征北闯，征服得了任何他想征服的目标。谁能想到，这个美好的愿望后来稍微跑偏了一点儿，秦征所向披靡的战场转移到了床上。

秦征百日的时候抓阄，父母把铅笔，字典，尺子，人民币，印章等各种各样的抓阄玩意儿堆在孩子身边，十几双迫不及待的目光聚焦在中间这个粉嘟嘟的小子身上。秦征的小手在那些东西上轻轻滑过，皱起小小的眉头，打了个巨大的呵欠，然后一扭一扭地爬到鞋柜那里，抓起一只女式拖鞋就不撒手了，乐得咯咯直笑。众亲朋开怀拊掌大笑，纷纷揶揄秦征将来是要在脂粉队里混出个名堂，父亲惋惜得连连捶着大腿，心下隐忧孩子的未来。也因为百日抓阄一事，夫妇二人对秦征这方面的看管和教育愈加严苛。

秦征的父母都是大学中文系老师，自然一直摇旗呐喊“书中自有颜如玉”，小半辈子都在致力于培养和维持儿子良好的阅读习惯。因为担心《红楼梦》里的爱情描写对儿子身心发展不利，硬是用刻刀将那些字句悉数剜去，一本历史文化巨著的重量霎时轻了不少。对于秦征的朋友，更是制定了奇怪的规定，那就是绝对不可以和小女孩一起玩。可惜了孩童天真烂漫的年纪，本来一窝蜂你追我赶的游戏，捉迷藏啦，打弹珠啦，捉泥鳅啦，但凡有小姑娘插进队伍，秦征总是会默默离开，时间久了，大家都觉得小秦征性子怪，排斥小女孩，纷纷疏远了他。秦征心里委屈不能言，偏偏父母连哭泣都严令禁止，因为父亲甚至担心如果秦征养成了袒露脆弱的习惯，将来万一有女人抓住他这个弱点，敲开他的心门，进而攻城略地将他一步步拿下吃死，可怎么办呢？

慨叹秦征的父母聪明一时，糊涂一世，希腊神话里的英雄阿基琉斯难道不是最好的例子吗？母亲海洋女神忒提斯为了让他的身躯刀剑不入，在他小时候提着他的脚踝，将他浸泡入冥河水中，结果恰恰是母亲牢牢抓着的脚踝，最后成了致阿基琉斯于死地的地方。秦征的后脚跟就是色欲和性爱，囿于父母的过度紧张和过分保护，也成了他一生最大的劫数。

中学时代，功课繁忙，升学压力巨大，作业漫天飞舞，老师在三尺讲台上拼命喷着唾沫星子，生活庸常得如一潭死水，没有波澜，这些朝气蓬勃的孩子却忍不住去创造波澜。秦征算是同龄人中第一个偶然创造出独特“波澜”的人——一次洗澡的时候，他鬼使神差地把手伸了下去，与自己下半身的那团东西亲密接触了一会儿，竟在短短几分钟内获得了无与伦比的美妙快感，打开了新世界的大门。私心让他没有分享给身边还在懵懵懂懂的小伙伴们，本就沉默寡言的他，话更少了，取而代之的是他在浴室里待的时间越来越久，日日安然地享受那绵延的愉悦，日日飞上云霄之巅。如此放纵的后果也显而易见，他的身体几乎透支，他开始面黄肌瘦，食欲不振。母亲担心他生病，强行拉他去了几次医院，都没检查出什么毛病，于是开始给他加餐大补，甚至不知道从哪里买到一只巨大的鳖，当晚就给他炖了汤喝。可怜天下父母心，三人坐在同一张餐桌上，四只关切焦急的眼睛牢牢包围着中央的小太阳秦征，少年只是木木地往嘴里扒着饭，脑海里却还是反复循环播放着云巅欢歌。

他觉得不够。他已经足够了解自己的身体了，他需要了解异性的身体。他开始接触黄色书籍和黄色影像，变本加厉的深深沉迷。为了不让父母察觉，他在校内依然努力维持着不错的成绩。所幸他脑子很好，属于那种不怎么听课成绩依然不会滑落的聪明学生。如果他愿意把投注在性爱上的时间、精力再多分一些给课本，考上重点本科没有问题。但是他选择了跨越禁忌的高墙，而墙那边的风景实在太美，他再也没能爬上来。

秦征长得很一般，是那种丢进人海里就不见踪迹的大众脸。单凭这一点，放在今天这个看脸的世界里，他势必是没有什么捕猎机会的。但是凭着好脑子，好笔杆，老辣的文风，爽利的快嘴，他一路过关斩将，节节高升。还在做基层记者的时候，他就总能抢到第一手最炙手可热的资源，采访到站在风口浪尖的响当当的人物，这才能很快脱颖而出，得到上级赏识，年纪轻轻便杀进了宁市日报报业集团的高层。有了资源，有了人脉，有了权力，自然会有猎物送上门来。

陆颖合事件，也就是化名的杜朗清事件震惊全市的时候，他已经坐到了能够只手遮住宁市舆论大半边天的位置。这不奇怪，宁市太小，宁市日报报业集团几乎一家独大，牢牢把握着市里所有大大小小舆论的舵向。后来虽然这事迅速发酵，震惊全国，更大的媒体也曾推翻过宁市日报煞有介事的虚伪说辞和报道，可是宁市老百姓不信，大家还是更愿意相信家门口的火眼金睛。

一日秦征出外开会，按例应酬完，喝得东倒西歪地刷卡进入自己的酒店房间，却发现一个几乎全裸的女人躺在自己床上，还身着袒胸露乳的特殊制服，四舍五入约等于没穿。他大惊，几乎酒醒了一半，正准备破口大骂，对方已经抢先上前，薄薄两片唇含住他的嘴，呵气如兰，让他口不能言。醉生梦死间，女人已经像一尾灵动的鱼一般轻巧地从他身体底下滑出，他急得要抓耳挠腮，再次欲扑上去，已经被女人一个闪身躲开，笑声似风铃声一般。

“别急啊秦总，你还没回答我呢，刚才拜托你办的事，你办得妥吗？”

女人继续妖娆地扭动着身子挑逗他，昏暗的房间内，姣好的曲线若隐若现，他只觉得血脉偾张，口舌生烟：“办得妥，当然办得妥！你说什么我都答应你！小妖精，快过来啊！”

他再次向女人扑上去，又是一番云雨之欢。

愉悦的体验成瘾，而他无知无觉自己早已误入歧途，再难抽身。又或者他想抽身，但是已经抽不出了。

秦征没有爱过任何女人。在他眼里，就像“性爱”这个词的排位一样，“性”在“爱”前面，而“爱”自然可以忽略不计。

他只是迷恋“性”，像婴儿吃奶一般成为刻进骨子里的本能。

项毅第一个站起来，指着罗念的鼻子，情绪异常激动，几乎想要扑上去暴打她一顿：“好啊，伪装了这么久不动声色，原来就是你害了杜朗清！也是你害得我们被困在这里，被迫留在这里听这恶心、狗血的故事！”

项毅大发雷霆，还欲说些什么，梅爱群抬起了眼睛看着他，项毅悻然，略略收回些愤懑。年纪最大的梅爱群，举手投足依然写着稳重，他一个眼神，已经让局面微微缓和，陈逸添和秦征眼疾手快，上去扯住项毅，怕他再有进一步的行动。

经历了这种种荒唐风波的罗念，淡淡地看向项毅，眸子深处有不明情绪在跃跃欲试："你慌什么？贼喊捉贼，还是做贼心虚？项毅？我该叫你项毅，还是，何立？"

形势急转直下，项毅眼眶眦裂，红肿着眼睛，破口大骂："自己满身是粪不说，竟还敢往别人身上泼脏水，我看你是活腻了！"说着举拳就要冲上去打，罗念见大事不好，用尽全身力气大喊大叫，一面操起身后的一台笨重的音响就要砸向项毅以作自保。众人被二人过激的情绪吓了一大跳，纷纷上前阻拦，手忙脚乱地插到两人中间，想方设法将两团互相感染的恶性病毒迅速隔离。

项毅还在骂骂咧咧，"× 的别拦我，我要让她把话说清楚！你们别拦我！"

"说清楚？"罗念冷笑一声，"你要我说清楚？"

"对，在座的各位，大家都听好了。我就是故事里的化名女孩唐语琳，二十余年前我的确参加了这场惨绝人寰的校园暴力案件。受害女孩真名也不叫陆颖合，她是我的同校学姐，叫杜朗清。至于故事最核心的主人公，化名何立的那个，我也没有骗人。"罗念一口气把真相倒出，倏地收口，平静地看向已大汗淋漓的项毅，"就是那个已经大惊失色，自乱阵脚的可笑小丑。"

项毅慢慢蹲下来，跪倒，十根手指插入头发间的缝隙，牵扯着露出白花花的头皮。秦征伸手想要拉他一把，罗念已经指着他的鼻子快意大笑："秦大叔，你可拉倒吧，你在这装什么怜悯呢？你现在还有什么机会或者立场怜悯他呢？"

秦征的脸色变了，露出了夕阳跌落远山前一点点向上挣扎的模样，最终还是滑进了黑暗。

二十年前的秦征，收下了徐娣的钱，收下了徐娣送到他床上的那份莺花大礼，尽情滑堕到极乐世界去，也同时利用他手上的权力将血淋淋的真相倾覆在了五指山下。他，不，他们，吸干了杜朗清的血，抽去了她的筋肉，敲碎了她的骨头，最后还不够，还要围着她的残骸拉起手，绕着圈舞蹈。后来，莺花从了良，成了他的地下情人。他身轻如燕，从脏水的面儿上轻盈越过，鞋不沾湿一星半点，收下外甥女乔西君一家的人情，收下情人哥哥，也是带头欺负于童的男孩，王杰一家的人情。再玩一次二十年前的把戏，再洗一次人血人骨的牌，他乐意做这吸血的买卖，也享受做背后的沉默荷官。他是否分得清"正义"和"良知"，成了永远的未解之谜。但唯一可以确定的是，对于秦征来说，什么都比不过"人生苦短须尽欢"。于是二十年后，他依然做出了相同的选择。

方志西脸色煞白，本能地向后退去，却已被罗念敏锐的目光捕捉到。"站住！"罗念冷笑，"你躲什么，梁智武！我们的战队里唯一的好学生，这么多年过去了，还是这么瑟缩、胆小吗？"

陈逸添再也忍无可忍，用尽力气大喊一声，脸上的青筋根根暴起："够了！你们还没发现吗？我们在场的所有人，都和杜朗清有关系！我们谁都脏，没有一个人干净！"众人跌坐在沙发上，纷纷恢复了一脸颓顿。是的，大家都发现了，所有人都和杜朗清事件脱不开干系，没有一个人是清白的，除了林殷。此刻的林殷心里晃晃悠悠地跟明镜似的，她在心里有气无力地问了一声："为什么？为什么？为什么要这么做？你们好糊涂，毁了自己的大好人生！"但是她知道自己不能这么做，这么做极有可能将她置于无尽的危险之中。于是她只好哑了口，自己给自己的声带上了锁，不可呜咽，不可饮泣，不可失控喊叫，只可沉默。

“怕什么？”罗念梗着脖子掩饰着自己的惊怖，抢腔道：“案发时我只有15岁，且整个事件中我与杜朗清并没有发生过重的肢体冲突，完全符合《刑事诉讼法》第286条对未成年人犯罪记录封存、查询制度的相关原则性规定！”她咽了咽唾沫，索性撕开了脸皮，狠狠践踏在脚下，“有种，有种你们就去告我啊？你们这些法盲，知道这项制度的封存效力有多强吗？除了司法机关，任何人都别想查询我的犯罪记录和前科报告！凭你们说破天。”她越说越激动，眼泪飙出眼眶，指着天花板，胡乱谩骂，“啊对，尤其是你，这个至今不敢露面的窝囊废，胆小鬼，孬种！凭你这张烂嘴，就是说破天，也别想毁掉我！你究竟是什么人？你个混蛋，二十年了，二十年了！老娘花了二十年忘掉这场噩梦！你究竟是什么人？”

诡谲的声音淡淡启口，声线平滑得听不出情绪起伏：“我是什么人，于你，于你们，并不重要，但是我一定要毁掉你们，我要让你们为自己的所作所为付出应有的代价，我要让你们求生不得求死不能，更要让你们一辈子活在这场闹剧的阴影之下。”

“几许将烈酒斟满……那空杯中……借着那酒洗去悲伤……”

温柔的歌声饱蘸哀伤。此刻她躺在地上，低低哼唱起Beyond的《再见理想》，眼角有凉津津的东西。

嘶吼，泪水，死死捂住双耳。

“别唱了！我叫你别唱了！”

杜朗清慢慢坐起身，摇摇晃晃着看向阁楼的窗户。一轮红日又大又圆，元气满满正当空照。

“……旧日的知心好友……何日再会……但愿共聚互诉往事……”

会客厅里一片死寂，只有钟声依然在忠诚地敲响。

诡谲的声音细语，梦呓一般无力。

“她的人生，本该如雨后的胡杨林一般，纯净斐然。但是现在，这帮脑子里充了血，良心里却失了血的少年把她的一切都毁掉了。”

“谢谢他们的脑子里能想出致幻剂这种可怕的东西，谢谢他们给了我提示，给了我前进的方向，逼着我走上了研究这玩意儿的道路。

1938 年，德国化学家艾伯特·霍夫曼在进行一项有关麦角碱类复合物的大型研究计划时，无意中将原本分装在两支试管中的溶液混合在一起，误打误撞地合成出了麦角酸二乙基酰胺①。鄙人不才，从医二十余年，受霍夫曼教授的启发，一直致力于和实验室的合作伙伴研发一种与该致幻剂药性相似的药剂，最终我们成功了。我们给它起了个好听的名字，叫“沉默”。它早年曾被用于临床麻醉，具有极强的致幻性，利于催眠，也利于在大型手术中减轻患者的病痛。我在你们这几日来的食物和饮水中加入了这可爱的小东西，它将杀你们于无形而不自知。在座的各位，先是会觉得目眩耳鸣，接着眼前会出现无数瑰丽幻象，最后你们将一个个排着队在美好梦境中美好地死去。感谢我吧，亲爱的小绵羊们。祝君好运。”

诡谲的声音再次戛然而止。

天色擦黑，会客厅里又归于平静。在死亡面前，任何只言片语都显得微不足道。直到林殷第一个挣破平静，失控怒斥：“原来如此，原来如此！怪不得！你这个恶魔！你这个天杀的恶魔！你拉上我们这些无辜的人陪葬做什么？”

回答她的只有连续几日燃烧终停止工作的音响设备发出的沙沙声。

---

① 麦角酸二乙基酰胺：一种强烈的半人工致幻剂，无色、无味。在英国、美国、澳大利亚、新西兰和大部分欧洲国家该药物都是非法的。

DAY 14
母亲

隐隐有血腥味直冲脑门，她张开嘴，竟吐出来一大口和着血沫的牙膏泡沫。她惊得对着镜子张大嘴，才发现牙龈也在鬼鬼祟祟地不停冒血，和鼻子狼狈为奸。

洗过澡，徐娣用毛巾擦着头发，坐在床尾凳上入神。有暖暖稠稠的液体自鼻间淌下，她用手一摸，一手殷红。死亡第一次近在咫尺，惊悸和不安在刹那间层层包抄了徐娣。她无力地揪紧毛巾，用力蹭着床尾凳上的繁复花纹。

她不能死。她还有儿子，她不能死。

她空空荡荡的大脑此刻只剩这一个念头了。

诡谲的声音再没响起过。

人们木木地例行日常生活，像断了绳的木偶。不是没有人想逃，而是都自知即便逃出去也没有用。夜深人静之时，一众人会围在会客厅里，木木地说些有的没的，似乎都做好准备想要聊以打发生命最后的琐碎时光。

徐娣无数次在并不安稳的睡梦中听到了死神的

叩门声，更在梳齿间日日倍增的落发中窥见了命中注定的结局。说实话她并不怕死。即将没有机会高寿，她也毫不遗憾生命竟如此短暂。她只是遗憾自己没有机会看着儿子顺利娶妻生子，组建属于自己的新家庭。

方志西满打满算，今年三十有五了。眉眼清秀俊朗，不是没有女孩子看得上他，而是他谁也看不上。逢年过节，他从不带女孩子回家。徐娣急得直跳脚，无奈儿子只是不急不躁地专心玩着单车，平时泡在训练馆里，没事就和车队出外跑跑比赛。车队的奖金和拉来的赞助，一经平分，刚够饱饭，几年下来，连个人积蓄都没有。徐娣清楚自己的身体，多年在法律行业摸爬滚打承受的高压力、高工作负荷，已然将她本就羸弱的革命本钱摧残得千疮百孔，她不能保证自己的生命线长度，只想在有限的时日里看到儿子的后半生能有个妥帖的着落。

她总是觉得自己亏欠儿子，这想法和普天之下任何一位普通母亲的想法都是一样的。

生儿子的时候，她半条命都搭在了手术台上。医院几次下了病危通知书，最后一次，主刀大夫举着鲜血淋漓的双手，疾奔到门口，问保大人还是保小孩，一向狠戾的丈夫犹豫了，婆婆忙不迭地喊保小，保小，只有母亲一人，晃着白发苍苍的脑袋，恶狠狠地用食指戳着婆婆的鼻尖，我女儿要是因为你那愚蠢的决定有个三长两短，我先搞死你。

她在这段痛苦的暂眠中做了一场大梦。梦里，死神就站在手术台的床尾，就站在满头大汗的大夫身后。她几次看到他狞笑着，胸有成竹地走过来了，她模模糊糊地意识到，只要他走过来，走到她枕畔，她就要死了，所以她必须阻拦住他，不能让他走过来，她看到自己向他丢托盘上各式的手术器械，每一下都直戳心门，但是拦不住他，拦不住他逼近的脚步。那是她第一次看到死神，并没有像传说中那样穿着盖住一半脸的漆黑长袍，负着长长弯弯的镰刀，脸也不是白骨森森的骷髅头，闪着莹莹鬼火，他就是一个普通的苍白少年，瘦削，单薄，穿着普通的T恤、牛仔裤，乍看和大街上任何一个普通的青春期男孩一样，但是她知道那就是死神，从他老态龙钟的目光中洞察到，他就是死神。

她的灵魂在拼尽全力为自己争取生的机会，她虚弱的肉体却如一潭死水般动弹不得，医生和助产士满面血污地大喊她的名字，试图唤醒她沉重的眼皮。她的意识开始随着手术室里时钟上不断跳动的血红色数字渐渐消淡。甚至她有能力腾空而起，看到了自己浑身是血的肉体，看到了穿着深绿色手术服的医生和护士们焦灼忙碌的身影，看到了手术室外心焦等待的家人，看到了母亲掌掴婆婆，披散着头发大哭大闹。她讶异自己怎么看到了这么多，直到意识到自己俯视一切的视角，才猛地惊觉不好。

她吓得赶快回到自己已经昏厥过去的肉体旁，拼尽全力想要钻进去，但是一次次失败。她惊惧地扭头，与正淡定向她走来的死神死死对峙，手上丝毫不敢闲着，不停地向他丢着各式手术器械，但是没有用，他依然稳操胜券地笑着，一步步地接近她。

她泄气地蹲在地上，闭上眼睛。她做好了被他带走的准备。

然后他出现了。

小小的他，因为被羊水长时间地浸泡而浑身起皱，脐带绕颈更让他苹果一般肉嘟嘟的小脸呈现可怕的青紫色，但是他坚定的目光让她颇感心安，他在用眼神向她示意，他会保护她。他伸出小手，牢牢抓住了她绵厚的掌心。那一刻她忽然不怕了，她尽量使上浑身力气反抓住他的手，紧紧地，无论之后死神怎样用力地拖拽她，企图把她带走，她都再也不放开了。

婴孩的肺部在医生的大力拍打下挤进了空气，清脆的咳嗽和哭声在小小的空间里嘹亮回荡，护士抬手关掉了她脑袋上方的时钟。

她觉得很困，很累，几乎没有气力再睁开眼睛看一看她的宝贝，但是当她再一次感触到自己脑下的松软枕头，闻到空气中消毒水的味道，她知道她赢了，她赢了这场战役。不知道过了多久，当她从沉重的昏睡中醒来，扭过头，看到脑侧他满足甜睡的小脸的时候，她觉得没有遗憾了。

一个女人此生的使命完成了。

徐娣年轻时是不折不扣的工作狂，也是宁市首屈一指的律师和高级合伙人。对她来说，什么事都大不过自己的事业，这样的事业观自然直接导致了她大龄剩女的命运。后来，经父母的朋友介绍，她认识了方文。和她一样，他也是三十好几的人，但也并不怎么把心思放在感情上。方文是宁市大学的物理系教授，衣冠楚楚，仪容一丝不苟，虽算不上一表人才，但教养、谈吐、社会地位种种条件都能入得了徐娣的眼，二人见了几面，旁敲侧击试探了一下各自的家庭背景和工作情况，觉得都还满意，这门亲事也就定下来了。没有爱情的激情和火花，有的只是门当户对，红花袄撞上绿裤头。

平心而论，徐娣不算美女，勉强够得上五官秀气的边，但幸在她善于拾掇自己，碎花绲边的衣领总是浆洗得服服帖帖，耳朵后侧和脖颈总是用香皂收拾得清清爽爽的，如此便也吸引了不少追求者。问题出在方文是个重度疑心病患者，因为徐娣的工作性质，免不了大多数时候必须和异性同事打交道，于是他便常常怀疑徐娣和身边人有染。结婚后的头两年，二人还算相敬如宾，日子久了，有些东西便压不住了。

结束了一天的工作，徐娣拖着疲累的身体，摇摇晃晃地拿出钥匙，开门，去摸鞋柜上方的电灯开关。一只手突然伸过来，攥住了她的手腕，一个一身酒气的高大身形将她用力顶在了墙上，接着是两个火辣辣的耳光，在黑暗中格外响亮。她吓得拼命尖叫，还没叫够两声，已经被一只大手捂住了嘴。她口不能言，愤怒地抬起膝盖，对准位置用力撞击，对方立刻松了手，跪倒在地，痛苦地抽搐。她慌手慌脚地开灯，才看清是方文。

那时她还年轻，哪里见过这种场面，吓得立马把丈夫进了家门不开灯，不声不响地等在门后，并且莫名其妙等自己一进门就给了两个大耳光的事抛在了脑后。她手忙脚乱地把包一扔，弯下腰准备去扶疼得满头大汗的方文，已经被一胳膊抡在地上。她委屈地抬头，张嘴欲问，方文这会儿也算缓过劲来了，上来就是恶狠狠一腿，将她蹬在地上。

“你 ×× 的跟那个姓刘的是怎么回事？啊？”他瞪大双眼，死死盯着她的眼睛，发际线的汗珠顺着鼻梁淌到鼻尖，最后掉到了地板上，她蜷缩在地哆嗦着“什么事都没有，你不要冤枉人……”

她的话音未落，方文阴笑着一把扑上前，狠狠掐住她的下颌，指关节因过于用力而不断“咔咔”作响：“还不老实呢，死娼妇，嗯？老子都听说了！听说了你们在事务所的大厅角落里干的那下流勾当！”他瞪着眼睛，额头几乎贴到她的山根处，口中不断喷出浓烈的酒气。

“你喝多了……方文……你清醒一点儿……”徐娣眼泪鼻涕不知不觉淌了一脸，又不敢跑去拿纸，只好用手背胡乱抹掉，“我没有……我徐娣身正不怕影子斜……你不相信我，我有什么办法……”一席无心之话却瞬间戳到了方文的怒点，他失控地掏出打火机，就要往徐娣脸上靠，徐娣吓得拼命大哭大叫，往后闪躲，右手摸到了桌上的烟灰缸，慌不择路之时将它用力往方文头颈处一砸，方文的手一松，打火机滑到地上，他人也软软地倒在她身上。

徐娣是家里的幺女，排行老末，算是全家人的掌上明珠，从小被宠惯了，家里大大小小什么事都没让她操心过，她只负责安安心心念书，毕业后按部就班地工作，哪里遇过这种事，此时她早吓得面无人色，急急将他放倒在地，连滚带爬地跑去“咚咚”地敲隔壁的门，大半夜地对着睡眼惺忪的邻居痛哭，好在邻居也算心善，一直帮她将方文送上救护车，看着车门关上才挥手回家，如此这事才算妥当解决。

方文醒后，徐娣按照自己的预想拿出了离婚协议。谁知方文软硬兼施，先是痛哭流涕，不停地辩解自己只是喝高了，喝大了，才做出了违心之事，本来并不想把事情闹大的，假号了一会儿，见徐娣没什么反应，又立马换了一副凶狠嘴脸，戳着自己头上的纱布，威胁要闹到徐娣的事务所，让她在律师行业做不下去。那时徐娣刚刚离开导师，和几个同行好友另起炉灶，开了个事务所，一切才刚起步，什么都还是不温不火的，她不想自己和伙伴的心血被方文毁了，只好暂且忍下来，另作他话。

方志西出生后，方文的脾气收敛了很多，安安心心享受着初为人父的喜悦。日子不咸不淡地过去，徐娣也暗暗松了口气。生产的鬼门关让她清醒地认识到自己已经不再年轻，还有小方志西猝不及防地到来，更让她渐渐打消了重建家庭的念头。那个可怕夜晚的记忆，似乎从来不曾存在过，至少于自欺欺人惯了的徐娣来说，从来不曾存在过。

方志西顺利在物质和精神的双丰盈中长大，除了父母亲的要求严格了一些，好像没有任何他可能滋生不满的地方。他在成为“别人家的孩子”的道路上稳稳当当地走着，四岁开始学习小提琴和珠心算，用以练仪态、乐感和计算能力，七岁加了围棋，徐娣对外美其名曰培养他的静心功夫和逻辑能力，到了上学的年龄，他已然从同龄人中脱颖而出，显现出优异于同龄人颇多的资质。十岁，徐娣给他报了奥数，天资聪颖的他很快摸着了个中门路，学得如鱼得水，老师推荐他去参加各项大赛，名号越来越响，为母校还拽了不少好生源，一直到初中毕业，他的照片依然被高高悬挂在学校的光荣榜上，粘贴在落满雨水留下的水垢的玻璃橱窗后，微笑着俯视着校园，直到照片泛黄褪色模糊，渐渐看不清眉眼，才被校方恋恋不舍地替换成宣传页和卫生教育广告。

方文工作繁忙，方志西生活起居上的事多是家里请的阿姨照料，但是教育上的事，徐娣丝毫不敢马虎，她小心翼翼地培养着这颗来之不易的掌上明珠，常对他念叨，你是我用命换来的，说起来，你还救过我一命。方志西懵懵懂懂，也没太听明白她的意思，只是低着头，乖乖复习功课，然后到点洗澡睡觉。

平静幸福的日子持续到了方文故伎重演的那一天。

十来岁的方志西被吓得面无人色，甚至忘记了哭泣。母亲昔日保养得当的脸被放倒在地一路拖行剐蹭，倾斜的、模糊的视角里除了恶魔的笑意，就是地板上被她的头发涂抹均匀的血迹，触目惊心。还有，年少的他惊恐的、不敢置信的、手足无措的眼神。

她渐渐没有了挣扎的体力，亦不敢哭喊、求救，因为她心知肚明，那些无谓的示威只会换来变本加厉的毒打和折磨，她看向他，努力想向他挤出一个安慰的笑，但是脸上被牵动起来的肌肉用无法忍受的酸胀和痛意诚实地劝她放弃这样无谓的努力。

她不舍地望向他，望向他连滚带爬，夺门而出的稚嫩身影，她不知道他去做了什么，但是她依然相信他能再一次救自己。他是她身上掉下来的一块肉，她模模糊糊地感受到他们有共通的灵魂，即便这灵魂在两个躯体上呼吸，她依然相信他们有共振的频率，无论生死，都再不会分开了。

她失去了意识，很久很久。黑暗中散落了一些梦的碎片，醒来的时候却什么都记不得了。迎接她的是银光闪闪的警徽和焦急的陌生脸孔，她糊涂地打量着周遭的一切，慢慢喝下几口民警递过来的矿泉水，对面的方文还在气急败坏地控诉她装模作样，她只作不闻，在四周找寻他的身影。

终于，她看到了他，看到他瑟缩在民警和保安身后，眼睛红肿，无精打采。她心疼得急欲落泪，她想抱住他告诉他妈妈没事，别害怕，但是她看到他很快跑远了。她试着叫他，肿胀发痛的嘴唇虚弱地动了动，终究发不出任何声音。

她思虑良久，决定还是不离。彼时的她，业已将事业做得风生水起，她和同伴的事务所开始在宁市小有名气，她不甘自己的汗水和泪水因为一些烂人烂事付之东流，哪怕只是激起一丝丝的波澜，都绝对不可以。她还想给予他更好的教育和培养，她不允许自己在这种节骨眼上跌跤。于是她依然毅然决然地挽起发髻，喷上服帖碎发的啫喱水，认真地将衬衫的每一颗纽扣扣好，蹬上高跟鞋，踏在小区的彩砖地面上，踏在各路好奇、不屑、鄙夷、怜悯的目光里。

她不怕被任何人不理解，不怕被任何人看不起。她只怕被他不理解、看不起。

当她挤出自己百忙中唯一喘口气的午饭时间，给他搜罗了几份题目，然后递给他还残留着打印机余温的一沓沓纸张时，她期许地盯着他，希望看到他笑一下，原谅自己不得已的选择。

而他只是轻轻解开安全带，任她扯着自己的手臂，耗到她失去耐心，自动松开。

她痴痴地望着他远去，忍不住伏在方向盘上失声痛哭，她觉得自己失去了一些最为珍贵的东西，是什么呢，她说不清。

没有人知道她挣扎了多久，踌躇了多久。聪慧如她，她手上明明有无数有利于她的砝码，但是她竟然不知道怎么用，不知道怎么用才能最大限度地减轻对他的伤害。她最终还是和方文和平离婚了，他们在民政局前平静告别。出发的早晨，她细细上了妆，用粉饼将眼角的细纹一点点地压实，她不怕老，但她怕方志西嫌自己老，不能保护他了。他已经生得很高大、很结实，再也不是小时候那个一生病一喝药，就哭得脸红通通要冰糖吃的小男孩，她有些恍惚了，一转眼，儿子就长得这么大了，时间真神奇啊。

她再一次看着他消失在自己的视线里，看着他大步从她身边离开，长腿跨上车便一溜烟骑远了。她的眼泪怔怔地落下，她自知此生和他的羁绊，从手术台前他和死神争夺她的那一刻便已经躲不过。他长大了，的确不记得了，不然他怎么会肆无忌惮地忤逆她呢。

后来，她已经在宁市有了两套可以由她任意书写名字的房产。她把一套靠市郊的小复式的房产证上写上了他的名字。告诉他的时候，他若有所思，似乎并不怎么高兴。

她因公事出差两周有余，结束的时候，发现一些档案和资料落在了那套城郊的小复式里。

拿钥匙开门的时候，发现里面被人反锁了。一开始以为是儿子，她一直喊到嗓子都哑了，里面的人才慢吞吞地走过来开门，她清楚地听到有锁链和钥匙的声音，看来里面的人不止反锁了门，还用了其他工具对门上锁，防止房主突然回家时开门发现门后的秘密。她的心陡然一沉，开始大力拍门，脑子里疑云、惊云一片。

门开了，竟然就是方志西。看上去很紧张，浑身抖的跟筛糠似的，她急得要迈进去，高大的儿子竟抢先一步挡住她的去路："妈，您……您不能进去……"

她愣愣地问："你这是做什么？"

他摸摸鼻子，有些局促地说："不做什么，反正您不能进去，因为，因为我和同学在里面开派对，大家玩得正在兴头上呢，您进去，多扫兴啊……"

她盯住他的眼睛看，见他下意识地移开了目光，顿时胸中了然。他一定有事瞒着她，不然不会摸鼻子，移开目光。她对他撒谎时一些不自觉的小动作再熟悉不过，他从小就这样，一说假话就忍不住摸鼻子。她抓住他横在门框上的手臂，力气不大，但很坚决："儿子，没有人比你妈更了解你，松手，妈必须进去。"

方志西试探性地看了她一会儿，大约猜到没有回旋的余地了，匆匆反手带上门，小声道："您等等。"

再开门的时候，是一个耳朵上打着两颗耳钉，手臂上文着一串英文的男生，看上去比方志西大几岁，满脸不驯。她的内心瞬间焦灼得如温水中渐渐感觉到水温升高的青蛙，不敢相信一向乖巧懂事的儿子，不知什么时候已经和这种孩子成一丘之貉了，仿佛自己精心倾注的一件艺术品被摔得支离破碎，更何况，这件艺术品的每一块图案，每一缕色彩，都取自她的筋脉、血肉和呼吸。她目瞪口呆地盯着眼前人，直到眼前人客气地发话了："阿姨，我们本来是想帮朋友庆祝 18 岁成人，想过个有纪念意义的生日，就借了志西家，没和您提前报备，可能把您吓到了，真的很不好意思，要不您进来和我们一块吃点儿东西？"

她满心满脑只有儿子刚才出来开门时小臂内侧的刺青和耳朵上的耳洞，只觉得浑身无力，只想靠着门框大哭一场，不敢置信自己精心呵护、培养了十五年的儿子，就这么被轻易地毁掉了。好一会儿，她缓过劲来了，才没精打采地摆摆手，走进门去："你们这些孩子啊，来玩也要和大人提前说一声啊，最奇怪的是，你们为什么要反锁门呢？还用了铁锁和锁链？怎么，怕我来个突然袭击，吃了你们？"

几个男孩女孩缩在角落，也不说话，她扫视了客厅一圈，杯盘狼藉，酒瓶、零食包装袋和泡面碗丢了一地，显然被草草收拾过，但是依然难掩乱象。一向爱整洁的她几乎要崩溃，拉过方志西，正欲训话，抬腕看看表，时间差不多了，只好放下手，急急冲到二楼的主卧，拿上东西就往外走："志西啊，你也老大不小了，不要老让妈操心，自己有个分寸，还有，这个月的零花钱打到你卡里了，你自己看着花，买点儿吃的用的，啊。我走了，你自己照顾好自己啊。"

她驱车行驶在公路上。

经过书房的时候，她无意间瞥到阁楼的门是紧闭的，有些许疑惑从心头掠过，但也只是一瞬。

蓦地，她想起了什么，在路口处猛打方向盘掉头，没命地往回赶。阁楼空气流通比较差，所以平时从不关门，她隐约觉得阁楼里藏着些什么秘密，并且这秘密一定与儿子和他的同学苦苦相瞒的东西有关。

这回门敲得更久，敲到她几乎失去耐心，门才被匆匆打开，儿子不耐烦地神色递了出来，抬眼一见是她，顿生骇然："妈，您，您怎么又回来了？"

她淡淡地看着他，大力推开他，伸腿欲往里走。方志西急了，伸出手，狠狠攥住她的手腕。她抬起头，看向比自己高半个脑袋的儿子，他虽然还未成年，但已经生得足够结实，像个小山包似的横在她面前，力气惊人。方志西自知越界，黯然地松开手来，她和他都盯向她手腕处淤青的四个手指印，她不说话，儿子低低地开口："妈，算我求您，这段时间别再来了好吗？"

她猛地抬头："你到底有什么事瞒着我？还有，你为什么锁门？为什么两次都这么久才来开门？你妈是这么不近人情的人吗？难道过分到连个生日会都不允许你带同学来？不至于吧。还有，阁楼的门怎么关上了？你不是知道阁楼空气很差吗？"

面对她连珠炮似的问题，方志西只是低头不语。

她气急，大步作势还要往里闯，儿子眼见她去意已决，终于大吼一声："好了！妈！我说！"

她停住脚步。

"你猜得没错，妈。阁楼里是有人，但是您不能进去，因为您会被吓到的。绝对不可以。"

夜深了，徐娣煮好了开水，给自己泡了一杯速溶奶茶。她不想睡，想继续再捋捋一些问题。阴阳两相隔，离别太匆匆，眼下却已是板上钉钉的事情，她是相当不甘心的，更多的是不甘心自己的儿子，年纪轻轻，正值好儿郎拼搏一场的大好时光，还未来得及施展拳脚，就要在这小小囚笼里了却余生。

那场噩梦延续了二十余年。二十余年里，她始终忘不了儿子慢慢跪下来，在她身后低低地说："妈，我们已经没有回头路了。我求求你救救我，不要报警，我求求您了。"方志西用冰凉的全是汗的手牢牢牵住徐娣的手，她有一刹那的恍惚，觉得时光倒回了几年前，他还是那个输掉奥数和围棋比赛，回家抱着她哭鼻子的小孩子，记忆里他永远那么甜，奶奶地说话，忙不迭地抹眼泪，胖乎乎的小手背上还带着可爱的肉坑。

那是她第一次选择了软弱，选择了转身离开。她只有这一个儿子，她只有他了。她不能没有他，不能失去他。

她闭上眼，再次呷了一口奶茶，眼泪止不住地掉下来。

她抖着手，在深夜的办公室里一排排地抚摸资料文献的书脊。她不知道怎样能救他。她真的不知道自己该怎么办了，她已经没有理智了。脑子里只剩一个丧心病狂的念头，就是如果警察敢带他走，她就去和他们拼命。

她斜倚着书柜，一路下滑，像失去弹性的袜子一路掉到脚踝上。她把脸颊埋进双手手心，大哭大叫。离婚后，她和方文已经没有联系了。儿子判给了方文，她默许。十几年婚姻，虽然同床异梦的时日更多，但好歹她对方文也勉强算得上知根知底。她知道他和自己一样疼爱这个来之不易的宝贝，并且他的工作时间相对更弹性一些，相比起她，能更好地照顾儿子。为了儿子的前途，她选择了放手。

她依然没日没夜地工作，只为给他赚更多的生活和学习费用，有一次甚至累到胃出血，醒来的时候，护士同情地看着她："女士，您昏迷的时候一直在唤一个名字，好像是'志西'什么的，您要不要联系一下他，告知他一下您现在的情况呢？"她想了很久，最后还是摇了摇脑袋。

但是她最终还是没能保护好他，没能让他安全顺利地长大。她好悔，好自责，恨自己当初没和法庭据理力争带他走。

她哭得头昏眼花，十根手指用力梳起已经掩不住白发的头发，瞪大眼睛，让眼泪滴在瓷砖地板上。她深呼吸，告诉自己不可以害怕，她一定可以救他。毕竟他还那么年轻，大好山河还在等他。

她先是查找到了陈逸添，了解到他母亲罹患肝癌，即将不久于人世的事后，带着支票找到了他。她利用职业便利，将他的背景、品性、经历摸排得清清楚楚。她知道他有多想挽救母亲的性命，哪怕只有一线希望，都绝对不会放过。在这一点上，她不禁在他身上产生了心理投射，她看着他那样爱护母亲，竭尽己力企图和死神背水一战，就好像回到了十几年前的手术台上，和小方志西第一次见面的场景。

有了母亲这张牌，陈逸添这边果然把事情完成得很漂亮。下一个就是秦征。秦征更好打发，她托关系找了个极媚的莺花，又趁他出差时，遣人使了点儿手段送到他房间里，那莺花拿了钱，也很会来事，也不知道枕头旁对着秦征吹了什么粉红色的风，把秦征伺候舒服了，三两句话的工夫，后面的事便水到渠成了。

事情败露后，她提早做的准备派上了用场。她最大限度地替他减了刑。由于他并非整个事件的核心人物，根据《刑事诉讼法》第 286 条对未成年人犯罪记录封存、查询制度的相关规定，除了司法机关刑侦必要，任何人都不可能查询得到他的犯罪记录和前科报告。她不能容许这小小的污点影响他的人生。

二十余年了，二十余年了，她以为他们都摆脱了这场噩梦。

但是现在，一切都回到原点了。

DAY 15
惊梦

这几日故事的叙述一直在有条不紊地缓慢进行，红顶密室里时不时就会发生几场闹剧、悲剧、喜剧，她已慢慢习惯，也在众人日渐撕破的脸皮后面一点点拼凑出了故事的全貌。林殷渐渐从原来恐慌、焦虑的心情，转变为现在的平和、坦然。她心里清楚，这桩二十年前的校园暴力事件和自己一点儿关系都没有，所以自己一定是这八个人里最安全的一个，诡谲的声音一定不会拿她怎么样。确切地说，她甚至觉得，只要再给她一点儿时间，她就可以窥见红顶密室里的秘密，拼凑出诡谲的声音背后是谁。

方志西回到学校，在课堂上足足昏睡了一个多月。老师叫不醒他，同学叫不醒他，作业不做了，竞赛题也不刷了，每天在学校唯一的活动就是衣服包住脑袋，睡得昏天暗地。老师通知方文，方文管不了，转告徐娣，徐娣急火攻心，不明白儿子这是怎么了，当初和前夫离婚的时候，都不曾见他颓靡成这样。但不管徐娣怎么追问，方志西只觉得困倦，没日没夜地睡。他只想在睡梦里见到周笑薇，但是周笑薇从来不曾出现过一次。

他也曾在日光微露的清晨哭着醒来，对着空气痛骂她的残忍，在他年轻的生命里短暂地出现，又短暂地消失，像流星一样，就这么一闪而过。他有时甚至都怀疑和周笑薇之间的种种只是一场自己的梦罢了，说不定只是自己哪天做题做得太累了，就在梦境里杜撰出这么一个可爱迷人的人物，聊以慰藉。

但是她娟秀的手书，邮箱钥匙和她送给自己的单车钥匙骗不了他，就那么日复一日静悄悄地躺在他房间的抽屉深处。

一个课间。

班里几个嘴碎的女生凑在一起，窃窃私语的讨论声慢慢传进了半睡半醒的方志西的耳朵里。

“你们听说了吗？解放南路上本来有条文化创意街，最近被人全部盘下了。”

“我的天啊，谁这么有钱啊？那么长一条街，那得多有钱啊！”

“嘿！巧了！你们知道这个出手阔绰的人是谁吗？远在天边，近在眼前！是隔壁那个垃圾学校高中部一个女生的爸爸！”

“我去，这么夸张吗？那女生是谁啊？”

“好像叫杜朗清吧。”

“不过她爸为啥这么做啊？”

“嘿！能为啥啊，为了钱呗！政府放出消息，那条街快被拆了！那些商户家家都能得到巨额赔偿款！杜朗清她爸见钱眼开呗！说盘就盘下了！”

“不对吧。杜朗清家不是住在巷子里吗？没那么有钱吧。”

“你们怎么那么天真啊！她家虽然在巷子里，但是在宁市有多少套房，谁也说不清。她家靠着她爸妈那点儿死工资能让她穿金戴银，活得那么体面吗？就是靠收租来的钱啊！收完租就去投资呗……”

“哎，先别讨论她家情况了！你们不知道，那些商户里有好几家是好几口人靠着这一个店面生存，她爸这样做，真是太残忍了！我听说，有个单车咖啡店的女老板，为了保住她的店，甚至不惜去参加宁市的地下麦迪逊赛，就是为了获得巨额奖金回来赎店面……”

方志西惊醒过来，猛地弹起。

身后的窃窃私语还在以不大不小的音量继续。

“……都不知道那女老板那么拼命是图什么，反正啊，是死了。人没回来，店也没了……”

几个女生还在喋喋不休，方志西已经什么都听不见了。

其他信息都被他的耳膜自动过滤掉了。

除了三个字——杜朗清。

项毅和弟兄们阴沉着脸，向校外不远处的一个废弃工业仓库走去。那是他们和一帮子社会青年约好见面的地方。他们痛下决心，要开个会，商量一下怎么联手狠狠搞一搞杜朗清，让她长长教训。

那时他们想得最多的是“报复”，而不是后来的“置她于死地”。

杜朗清自以为是的告密，害得项毅走投无路，几乎被勒令退学。幸而有几位家长联名上书，告知校长，沈为并没有死，只是摔傻了，失了智，认不出人了，并苦苦哀求校长，一定会妥善处理舆论，保住学校的名誉，控制住沈为父母的动向，绝对不让沈为父母前来闹事，校长和学校相关领导才把退学处理改成了留校察看。

后来，沈为的母亲果真跑来学校哭闹，却只是被学校好言相劝并礼貌请出，将关系撇得干干净净，闹得次数多了，校方不耐烦了，主动提出给点儿钱打发了事。沈为母亲当然不干，跑去报警，却又苦于废弃的天台上没有留下任何证据，没有如今的摄像头，亦没有其他目击者，唯有项毅和他的弟兄们，但是少年们一口咬死沈为就是在打架过程中自己不小心撞到年久生锈的栏杆，栏杆断裂，沈为的身体失去平衡，从而失足坠落的。更不利的客观条件是，沈为坠落那天下了雨，他坠落的地点所形成的血污等痕迹都被雨水冲刷得一干二净，这等于又给侦查增加了难度。警方查了又查，最后只好把重点聚焦在了栏杆的断裂处，发现确实没有人为提前破坏的痕迹，于是这桩案件在时间的慢慢流逝中，终于慢慢有了定论——沈为坠落属于意外。

走到校门口的时候，项毅的鞋带突然散了，本就心情不佳的他一边破口大骂，一边蹲下身来系鞋带。正欲起身，一双干干净净的白色篮球鞋停在他面前。

“哟，这不是宁市一中最牛 × 的那个方志西吗？什么风把您吹过来了呀？”项毅歪起嘴角，挤出一个坏坏的笑，耳钉在阳光下一闪一闪。

对面的男生校服扣子扣到脖子最上面，黑发柔软干净，一看就是传统好学生的样子，不说话，只是默默看着项毅。因为站在背光处，脸上只看得到阴影，看不清表情。

一向谨慎的罗念，总隐隐约约觉得有什么不对，但是说不上来有什么不对。天边那轮异常的红日，像血盆大口，要把他们一干人都吞下去，她不禁被那魔幻的红光所吸引，踉踉跄跄走向窗边，警灯的红光也在一刹那照亮了她的脸庞。

恐惧让她的瞳孔骤缩成针尖一般，她想起来了，什么都想起来了。杜朗清和她说过，她从来不吃肥肉，因为小时候吃肥肉被噎过，留下了心理阴影，从那以后再也不碰肥肉，所以怎么可能让父亲给她做东坡肉呢。

杜朗清在连日的冷静留意下摸清了房子的位置，发现就在小姨家附近，于是在几分钟电话时间里向父亲放出了两条宝贵的求救讯号——“小姨家”和“东坡肉”，终于被父亲成功获取。她押上了所有的筹码，但是赌赢了。

第十五日了，诡谲的声音却在午饭后再次响起。

“人在垂死挣扎之时，果然会有一些石破天惊的信息出现。

“其实，我从医多年不假，但我哪里可能研究什么被禁药用试剂，毕竟我远没有在座各位的权力和手腕。我不施计，如何得到捆绑我一家二十余年幸福的真相？我不施计，如何从你们口中撬动真相？我不能原谅你们。如果不是你们，我女儿的冤屈本该在很多年前就被洗清了，社会舆论也不会发生质的转变。

“你们这段时日的所言所语，已经被我这里最先进的设备所记录，并以压缩文件包的形式传递到了办案警方的电脑中。如果不出意外，警察已经在赶来的路上了。这桩二十年的悬案，今日终于可以翻案了。”

七个人瘫坐在会客厅中，像搁浅在岸的鱼，默默等待着末日审判的来临。唯独不见了梅爱群。

林殷推开老人虚掩的房门时，踩上了一脚绯红的血水。

她疾奔进浴室。老人将手臂整个浸没在浴缸里，热水龙头还在往外汩汩放水，地上的残水中飘着剃须刀片，满池嫣然。

孩子，其实从一开始，我就已经隐隐预料到了自己的结局，所以我才在一开始我们还不太熟的时候，才在一开始我就知道这房子里到处都安装着摄像头和监听器的情况下，依然敢和你那么交心，诉说了那么多我的故事。你看上去值得信任是一方面，更多的是我想告诉你，告诉那个音响背后的人，人的仇恨永远没有尽头，唯有爱和阳光能击退一切黑暗。这句话，换作这场案件里的任何其他人，恐怕都没有办法说出，但唯有我这个中间人，思虑良久，还是决定在生命的最后时刻说出，也算是我这个老头子，最后一次厚着脸皮，打着“人之将死，其言也善”的旗号，试图再多说一些。

我爱人一生爱阅读，受她影响，我也爱上了读书。读书明智，南非大主教德斯蒙德·图图曾经写过一本书，叫作《没有宽恕就没有未来》。是的，对于全人类来说，对于渺小的芸芸众生来说，没有宽恕，就没有未来。

我不惧怕死亡，因为我知道父亲和书娟就在桥的那头等着我，我们终将会团聚。但我惧怕仇恨没有尽头，我更惧怕校园霸凌现象没有尽头。我搞了一辈子教育，从宁市辗转到平市，对这两座城市的孩子、学校、老师都充满感情。尤其是孩子，他们是祖国的未来，是每个家庭的小太阳，是一个民族生生不息的希望。我希望这桩残忍的案件能作为一次巨大的、沉重的警告，敲醒所有沉睡不醒或者装睡不醒的人，我希望它是史无前例的第一次，也是最后一次。

在这场变态性质的校园暴力连环案件中，我身为涉案政府官员，难辞其咎。我背负了一辈子沉重的良心债，是时候解脱了。我知道我的这种自裁行为或许是懦弱的，但从某种角度来说，这是开始的结束，更是结束的开始。

你还记得我曾对你说过的那句话吗？人生舞台的大幕随时都可能拉开，关键是你选择参演，还是选择逃避。

祝好。

梅爱群

林殷捏着薄薄的纸条，任眼泪肆无忌惮地落下。纸条上的笔迹遒劲干净，一如她第一次瞥见老人名片上的手写名字，一如老人自己。这一刻她终于明白，这个慧黠的老人，实际上早已看透一切。

舆论暴力就这样杀人于无形。在整个事件中，梅爱群没有犯任何错，犯错的是人们被蒙蔽了的双眼和没有证据便恣意鼓摇的唇舌。老人不知道的是，有关部门已经表示愿意替他平反，让他得以清清白白地安度晚年。

梅爱群踏上林间小径，一步步坚定地向前走去。脚下的草地很软和，鞋底渗出新鲜的散着微微土腥气的泥浆，阳光透过树叶的缝隙打在他的脸上，掠过驳杂的光影。

似乎刚下过雨，但是现在雨过天晴了。

他不知道自己走了多久。在路的尽头，一眼便望见了父亲和书娟比肩而立，远远地望着他，笑意恬淡。

红色的警灯呜呜轰鸣着，气浪扼住人的咽喉，裹卷了这栋红顶建筑。钢铸的锁终于从大门上滑落，人人都在痛哭，为这十五日的噩梦，为这十五日夜夜难寐的良心的凌迟，为人人心中二十余年不得安生的良知。

秦征任由警察给自己铐上了冰凉的手铐，等待他的将是法律的制裁。他没有挣扎，没有哭，甚至没有太多情绪起伏。他没有什么牵挂和留恋，唯一可惜的是没啥机会写他的系列报道，或者进行纪实文学的创作了。他终其一生都不曾弄明白过什么是“爱”。他的沉默，永远像暗夜里闪着银光的匕首一般，令人不寒而栗。

徐娣用饱含热泪的眼睛最后细细抚摸了儿子一遍，她在心里对自己说：“我不怪任何人，怪只怪我没能尽到一个母亲应尽的责任，我不配做母亲。如今我终于得以解脱了，我没有遗憾。”

徐娣步步艰涩地走向警车，警灯静静地闪，几乎要完全吞噬她娇小的身躯。

方志西就在这时，在她身后竭尽全力地嘶喊了一声“妈！”

她顿住了身体，任身畔的两位警察拉拽，她都像一根铁打的柱子似的生了根，动不了了。她曾对儿子说过：“就算是妈一只脚都已经踏进了坟草堆里，只要你喊妈，妈拔也要把那只脚给拔出来。”

方志西泣不成声，“砰”的一声跪倒在地。

“妈，我等你回家。”

二十年的刀光剑影，似乎都变成了过眼云烟。她不知道怎么告诉儿子，她可能没有机会看着他娶妻生子，看着他成家立业了。她甚至不知道是保外就医先来，还是正义的审判先来。但是无论哪个先来，她的生命长度显然都在警示她，来不及了。这一回，她不想再和死神争夺了，也不想再期许儿子第三次来和死神拉扯自己了。她的双手早已沾满铜臭和血污，她自认为这是对自己畸形溺爱的报应，也是对一个母亲挖苦的褒赏。

“时隔二十年的一九九九年十二月，被害人杜朗清被同校同学伙同十余名社会青年囚禁在市郊一处复式房屋的阁楼里长达半月，期间遭到包括掌掴，脚踢，扭打，烟头烫身体，猥亵，强暴，断食断水，喂食致幻性药物等一系列惨无人道的凌虐，造成被害人头部、下肢多处受伤，同时罹患创伤后应激障碍和精神分裂症。陈逸添，现系宁市卫生法学会理事、法医学鉴定专家，当年受暴力伤害主要侵权人方志西母亲徐娣的金钱蛊惑，利欲熏心，不惜违背职业道德，与宁市公安局内部人员暗相勾结，徇私舞弊，为减轻暴力伤害侵权人罪责，以受伤与精神障碍之间无关联为由，故意弄虚作假，捏造事实，制造伪证，不但给被害人造成严重的人身伤害，更造成严重的精神伤害……”

公诉人面无表情地陈述着陈逸添的数条罪状，声音不大，但说话过程中每一次换气时夹杂的无形的标点符号都足以惊醒陈逸添装睡多年的梦魇。他抬头，看向法庭上方硕大的国徽，它正深深地看向他。此刻他面前真的是那枚国徽了，可是师父已经不在了。他第一次发现，原来国徽这么大，这么庄重，每一笔、每一处细节的设计似乎都饱蘸浓墨，大渲大染。他不禁打了个寒战，感受到了前所未有的负罪感。

林殷回到小区楼下的时候，门口保安拦住她，把一个轻飘飘的包裹塞到她手心里。她一看到上面熟悉的落款，心就难以自控地“砰砰”跳起来，包裹似乎也变得烫手又沉重，像一个不定时炸弹窝在她怀里。她隐约预感到自己在无限接近那墙后的真相了，现在所需要做的最后一步，就是拆开手上这个炸弹。

包裹里塞满了报纸团，翻到最下面才看到有一封信和一个手掌大的纸包。纸包上标着数字①，信封上标着②。林殷默许了数字的指示，先打开了纸包，掉出来一张照片。三分意料之外，七分意料之中，是督导和两个孩子，一男一女。督导看上去比现在年轻很多，照片里头发还是黑的，两个孩子看着很小，男孩比女孩大一些，却都是一样的漂亮可爱。她的心跳得更快了，头晕目眩，感到那堵高墙在变得越来越透明，她伸出手去就可以摸到对面的混沌和虚无。

她打开了信封②。

林殷：

你好。

我想你看到这封信的时候，我已经进局子了。很抱歉事先没有知会你，就让你参与进了这场亡徒与亡徒的游戏中来，你是无辜的，如果你为此而恨我怨我，我都接受。我也知道，多少道歉和补偿都将显得无力，但还是请允许我和你真诚地说一声“对不起。”

在这场校园暴力案件发生之前，我的女儿杜朗清还是一个活泼开朗的健康的孩子。她面对人生的风浪时总是那么积极、乐观，很多时候让我这个做父亲的都觉得自愧弗如。她在中考考场上适逢生理期，两天考试都因为痛经而无法集中注意力在考卷上，最后考出来的分数几乎跌破了所有人的眼镜，反而是她很快调整了自己，笑着安慰我们，事常与愿违，事总在人为，在哪里都可以好好学习。但当时我和她妈妈都没有想过，我们亲手把女儿送进了吃人的熔炉，她的人生也将彻底毁灭。这个错误的决定使一个老父亲无法原谅自己，永远无法原谅自己。提笔至此，我的眼泪又一次不能自已。后面的故事我不再复述一遍了，当你看到这封信的时候，我想你已经了解了一切。

请你来到红顶密室，原因无它，因为我一直觉得你就是镜像的我，这个“镜像”怎么理解，我不点破。我知道这样的想法说出来，你一定讶异，觉得我不专业。是的，此刻我不得不垂头丧气地被迫承认，我竟然在我们的咨访过程中对你产生了心理投射，这确实是非常不专业的，也是非常危险的。我相信当你知道了真相，你可以理解我（请再次原谅我这不自量力、自私自利的心），也愿意协助我，完成我多年的夙愿。当然，这是一场对我们关系的赌博了，我一定要再次强调，我绝无道德绑架之意，如果你不愿意，可以将这封信和照片销毁。

我们是同行，我想你也一定一直非常清楚两点：一是心理咨询师是一种高风险的工作。保持绝对的中立和客观，是心理从业者需要具备的基本素质，也是必需的素质，但有时心理咨询师自己依然可能产生情感投射和注入，甚至可能被来访者的经历唤起自己的一些黑暗经历；二是心理咨询师和医生一样，能“救人”却不一定能“自救”，所以需要督导和自我体验。荣格认为每个人都有阴影，而且它在个体的意识中具体表达得越少，它就越黑暗、越密集。但阴影和光明一样，都是一个人的一部分，它们就好比海面之上的冰山和海面之下的冰山，都是一个人最真实自我的构成部分。曾经我不愿意相信这一点，我自信地认为只要方法得当，辅之科学、有效、系统的训练，我一定可以战胜人性的弱点。但最终，我过高地估量了自己，我被我的成就、荣耀和年龄所蒙蔽，成了伊卡洛斯。我尽兴地飞翔在我钟爱的心理迷宫之上，越飞越高，却忽略了我翅膀上的蜡在无声地融化。

其实，在红顶密室建构前，多年的努力已经帮我搜集到了无数线索，我在漫漫时间长河中将它们缀连，逐渐拼凑出了事件原貌。因为这十五日里我的爱女所遭受的非人的霸凌和虐待，从事件之初演变到最后，已经彻底变了性质，远远超出了霸凌的范围，她也在事件结束后饱受创伤后应激障碍和精神分裂的折磨。但是经过调查我却发现，当年涉案的很多人却似乎过得越来越逍遥，他们的生活似乎都已渐渐回到正轨。细思极恐的是，这场案件所造成的恶劣影响、深刻伤害似乎已经被舆论消化和淡忘，这是我这个做父亲的根本无法容忍的。但我依然缺乏足够的证据用以举证我的说辞。为此我苦心建造了那个密室，又费尽心机将当年涉案的主人公以不同的邀约召集到一起，接着在十五天内通过设置不同的场景，制造不同的气氛，编排了一出精彩的戏中戏，一出精彩的群体心理剧。目的只有两个：搜集我需要的证据和创造一个心理熔炉，让他们体会体会小女的煎熬。当然，短短十五日，远不能和小女一生的切身之痛、切心之痛相提并论。我也知道我这么做是违法的，法律势必不会放过我，但我还是义无反顾地去做了，稍有差池就将前功尽弃，幸运的是，天不亡我，我成功了。

我苦心制造了这出多年后的噩梦，本想让他们再次品尝绝望的滋味，再次回到二十年前的梦魇中。但是直到最后，我才察觉，我错了。人各有命，定数在天，没有一个人逃脱得了良心的谴责，甚至有人为之付出了生命的代价。这场闹剧，该结束了。我们将之公之于众，不是为了扮演现代版的祥林嫂，而是为了以儆效尤，呼吁社会各界对校园暴力、校园霸凌问题予以重视，家庭、学校、政府应该携手站起来了。小林，当你看到这封信的时候，我已把十五日来监听、监视到的证据都整理好，提供给了警方和媒体。我就是要证明，当初的裁决不作数、不公正，当初的舆论太偏颇、太愚昧，校园暴力应该到此为止了。这个故事的发生始于校园，现在也该将它还给校园了。如果你还愿意原谅我，可以帮我将这个故事继续传递吗？不过，在讲述故事时一定记得反复提醒听众：我所做的一切，我所精心策划和安排的一切，都是为了我的女儿，这出惨绝人寰悲剧里的女主角。因此，我这样做，是不可借鉴、不可复制的，我实在是被逼无奈，二十年来百般诉求无果之下，才想出来这个下下策。我希望借风使力，使它能够达到教育、警醒之用，希望不必要的沉默、不必要的恶能够逐渐减少，直到再也不会发生。这是我最愿意看到的，也是朗清最愿意看到的。

最后，请再次接受我最真挚、最诚恳的道歉。

杜朗清之父

尾声

父亲已经出狱了。罗念和父亲开始每个周末都抽时间去看罗思。他还是内向不爱说话的性子，不过却有着绘画的天赋。姑姑、姑父想要安排他到一家互联网大厂做原画师，这是时下最热门的职业之一，他拒绝了，还是留在自己的漫画工作室里，跟几个发小一起安静画画。每年儿童节的时候，他会开车带上罗念和于童，三个人一起去游乐园疯一天。于童长高得很快，像柳树抽条，一年一年地向上蹿个子。

罗念的记忆障碍和抑郁症都有了转好的趋势，头疼和失眠的频率在渐次变疏。她的梦里，终于不再回荡着杜朗清最后哀怨的歌声了。她热爱人民教师的工作和身份，她只想将余生都献给这三尺讲台，她更想在力所能及的范围内保护好她的孩子们。孩子的心，本是世间最纯良的星星，却因为成长路途中的各种坎坷而蒙尘，唯有爱、呵护和正确引导，才可能洗去玻璃表面的灰尘。人生何其短暂，不如最大限度地发挥海马体记忆美好事物的那种能力，去用心留驻那些最美的风景，最美的人。

真相大白。足足过去了二十年，方志西才终于有机会知道，当年盘下周笑薇店面的并不是杜朗清一家，而是另有其人。而这场致命的差错，就像多米诺骨牌倾塌一般，拉扯出一长串的蝴蝶效应。

方志西用妈妈留给他的钱重新盘下了周笑薇的那家单车咖啡店所在的店面。二十年弹指一挥，他凭着想象和回忆，尽力将店面还原成当年的模样。更多的时候，他会给自己打一杯果汁，放在桌子上，再扭转身子，坐在桌子前，假装是周笑薇端给自己的。

叮当作响的耳饰，一笑露出雪白贝齿的超级灿烂的笑容。

“小弟弟，大姐姐请你喝果汁。”

他不会忘记她身上淡淡沐浴露的香气，还有她抱起来软软的手感。算来，如果她还在，她也迈入不惑的年纪了，不惑之年的她是什么样子的呢？他无法想象。但是他可以选择不忘记她本来的样子，他们第一次邂逅的样子。那年，她二十四岁，他十五岁。人生若只如初见。

项毅先后走进了三甲医院精神科和专业的心理咨询中心。他在自己信赖的心理医生和心理咨询师的帮助下终于明白，根本没有什么老幺的存在，那是他人格分裂的产物，是他臆想出的次人格，充当着保护者的角色。当主人格感受到威胁，他就会跳出来帮助他。但是他还是对老幺充满了无言感激。他在一个青春期男孩最脆弱无助的时候出现，给予了他莫大的安慰和支撑。

晚上睡觉的时候，他还是会经常梦到那个九岁的小男孩。不过他已经没有再跑向那个肆意伤害他无数次的人，而是跑向了二十年后时光长河这一端的自己。迷途的不是别人，总归是我们自己。我们每个人一生的使命，兜兜转转回来，不过是找寻失落的自己，与真我重新联结。

沈为的爸妈复婚了，变卖了那些大套的房产，嫌住着太大太空，太过落寞，不如带着沈为搬回老房子去，求个清净。

小区和二十年前没什么两样，七扭八拐的防盗窗上粘着斑驳的锈迹，灰泥抹的墙面上淌着空调室外机漏的水，地上不时有猫狗拉的屎尿，角落里停着落满尘土的单车和电瓶车，漫天漫地贴满了的五颜六色的小广告和小标签，菜香和花香争先恐后地涌动在这方市井里，倒也安逸自在。

开门的是沈为的妈妈。二十年过去了，她已认不出项毅是谁。自我介绍是沈为的高中同学，想来看看他。沈为的妈妈话不多，从鞋柜里拿出一双散着樟脑丸气味的拖鞋，轻轻放在项毅面前。

沈为也认不出项毅。快三十尾巴的他，衣服穿得很干净，可见母亲把他照顾得不错。他正在吃饭，有些笨拙，好几次勺子就要送到鼻子里。沈为的母亲爱怜地用小方巾擦去儿子嘴角的饭粒和菜渣，不时地和他额头碰触额头，逗得他笑得像个孩子。项毅看着沈为，感慨良多。他想起二十年前天台上沈为的眼泪和比哭还难看的笑容。当他健康时，他曾经那么渴望父母的爱、理解和陪伴，从未如愿，而今他终于得到了这一切，却是头破血流地以失去心智为代价，才换来这最微小平淡的幸福。但他又觉得，人应该活在当下，过去的已经过去，无论它发生时是正面的抑或负面的，它都拥有它独具的意义。

吃罢饭，项毅帮着沈为的妈妈把碗筷洗了，然后推着沈为走在巷弄里。

方志西帮着周笑薇的父母，给周笑薇的弟弟擦洗身体，床角的蓝牙音箱里在放窦唯的《希望之光》。

太阳忍受着悲伤

带给人间这希望之光

我们飞向遥远方

去寻找美丽的梦想

……

林殷买了一大束花，特意选了一个大晴天去看杜朗清。二十年过去了，她的美丽却从未减损半分，两只眼睛依然像小鹿一样充满灵气，林殷忍不住伸出双臂和她拥抱，和她凝固在灰色大理石上的笑脸拥抱。

阳光特别灿烂，特别好。它无私地笼罩着每一个人，无私地爱着每一个人。